O pai da menina morta

Tiago Ferro

O pai da menina morta

todavia

Para o coração a vida é simples:
ele bate enquanto puder. E então para.

Karl Ove Knausgård

Aos que restaram

[eu]
Tenho na clavícula esquerda o que se chama de calo ósseo. Não dá para notar por baixo da roupa. Foi resultado da emenda do osso quebrado em um treino de aikido em janeiro de 1996. Estou com quarenta e um anos e não luto mais. Minha frequência cardíaca só passa de cem batimentos por minuto quando eu faço sexo. Tenho um metro e oitenta e sessenta e quatro quilos. Sem que eu precise praticar qualquer tipo de exercício, me apresento em um corpo socialmente aceito. Minha relação com a comida é esta: tanto faz um prato sofisticado ou um sanduíche na esquina. Sempre uso camiseta, jeans e tênis. Sinto pena dos homens elegantes. Como se não bastasse colocar e tirar tantas máscaras sem parar, ainda desperdiçam tempo com o figurino. Prefiro me concentrar no roteiro.
A Minha Filha morreu no dia 26 de abril de 2016.

[sábado]
Vou com a Lina assistir ao último do Godard. Só está em cartaz no Top Center da Paulista. Estaciono na alameda Santos e corto caminho pela Fnac. Vejo *A idade viril*, do Michel Leiris, em destaque. A sala ficou velha mas ainda passa os bons filmes. Leio a orelha do livro enquanto as luzes estão acesas. A Lina me fala que é preciso decidir se vamos ou não ter filhos. Ela quer ser mãe jovem. Fico mal-humorado. Rosno qualquer coisa e o filme então começa. A narrativa é toda fragmentada.

Um casal conversa atrás de nós. Reclamo e eles se calam. Ainda assim, não consigo me concentrar. O sapato novo que minha mãe trouxe para mim de viagem abriu uma tampa na pele do meu dedinho direito. O machucado tem no máximo dois milímetros, mas queima como gelo seco. Minha cabeça gira entre filhos e a dor no pé e as imagens desconexas em preto e branco na tela grande do cinema. Termina o filme. Jogo no lixo o copo de Coca-Cola de 500 ml vazio. Comento que a cadeira daquele cinema é mesmo péssima. Minhas orelhas estão vermelhas e quentes. Saio da sala mancando. Ninguém nota. São apenas três milímetros de carne viva grudada na meia cinza-chumbo.

[quinta-feira]
Formolização. Você vai querer?
For-mo-li-za-ção.

[cinzas]
Ela morreu durante o Carnaval. No sábado? Quando eu voltei da praia na quarta-feira, encontrei o corpo esticado no quintal coberto de confetes molhados e desbotados. O tumor da barriga havia estourado e o rejunte entre as pedras de ardósia estava tingido de um marrom pegajoso, quase seco. Ela parecia um cachorro empalhado. Boca aberta, olhos escancarados e as patas esticadas e tensionadas. Teve uma espécie de convulsão na hora da morte. Não tive coragem de tocá-la nem de ajudar meu pai com o saco de lixo preto e brilhante. Ele o fechou com silver tape bem apertada.

[lista]
De medos bobos:
A primeira noite em um quarto de hotel.
Quartos de hotéis na Alemanha.

Ficar preso em uma sauna que nunca esquenta.

Sonhar que na árvore que se vê da janela do meu quarto de hotel há sete lobos brancos sentados nos galhos como se fossem pássaros. Me esperando.

Alguém chegar.

[terceira pessoa do singular. masculino. cena 1: afasia. derrame]

É possível ver o rosto dele refletido no pequeno espelho do banheiro. Ele está fazendo a barba. A lâmina faz uma curva errada e o pescoço começa a sangrar. Arde. Ele coloca a mão direita na água da torneira. Ele coloca a mão direita no deserto do Saara, na merda do cachorro. Ele olha para a mão esquerda e não entende. Ele se olha no espelho e vê um sonho. Ele tenta falar, mas as palavras. Ele quer pedir água. Ele quer chamar a mulher. Ele pensa em árvores que crescem se enrolando no tronco de outras árvores. Ele não consegue abrir a porta do banheiro. Está trancada? Não. Ele antes precisa conseguir falar a palavra maçaneta. Mas ele só consegue pronunciar Y-U--R-I GA-AG-A-RIN. Ele agora está flutuando. Ele vê o próprio corpo na maca do hospital. Ele vê a própria boca se abrindo. Uma gosma cor de mangue sai daquele buraco cheio de dentes obturados. Ele está deitado. O médico pede pela quarta vez para uma enfermeira borrifar essência de eucalipto na máscara dele ou ele vai vomitar dentro do cérebro do homem da maca. É um quarto de hospital. Ele abre os olhos e vê três desconhecidas chorando ao pé da cama. Ele quer dizer chega. Ele quer que alguém arranque a imagem do presidente Nixon do seu cérebro. Ele quer que alguém cale a boca dos pelicanos que se batem dentro do quarto. Ele coloca as duas mãos na cabeça. Cinzas jogadas de uma moto cruzando a Golden Gate. Ele sente uma cicatriz mole e afasta as mãos com medo. Coloca novamente. Está sem cabelos. Três velhas cobertas com xales negros rezando pela alma dele. Ele quer dizer A-LM-A, mas só consegue ver a Terra vista do espaço. A música que sai das máquinas ao seu redor é dodecafônica. Ele quer pedir MOZZZ-ART. Ele abre a boca e sente uma pasta se dissolvendo e virando líquido quente. Escorre gelado pelo peito. O que é? Ele não sabe. Ele abre a boca. Ele quer gritar M-O-R-RR-E-R, mas ele não é capaz de chamar a morte. Ele quer pensar no seu corpo morto, mas só consegue ver os jovens mutilados da Guerra do Iraque e o próprio pijama sujo de urina de gato. Ele é um veterano? Não, ele é um contador. Ele vê a filha dele na maca ao lado. As cortinas vermelhas estão fechadas. O chão é geometricamente preto e branco. Ele tomba a cabeça para o lado. Ela também.

[matrix]
Morpheus diz a Neo que ele vive em um sonho.
Você quer acordar?
Neo se surpreende quando entende que os ferimentos feitos na realidade virtual da Matrix são também sentidos no corpo físico.
A boca dele sangra.
Ele passa o dedo para ter certeza de que é sangue de verdade.
É.
Você é o escolhido.
Não tem jeito.
Quem morre em um sonho nunca mais acorda.
Resume playing. Start from beginning.

[silêncio]
Papai? Pai? Papai?
Onde cê tá?
Eu fiz xixi na cama. Escapou. Me limpa?
Eu tô com sede. Só um golinho.

Papai?
Eu não consigo amarrar o tênis.
Cortar o bife.
Abrir a mostarda.
Ligar a TV.
Dormir sozinha.
Ler.
Nadar.
Apertar o botão do elevador.
Empurrar o carrinho do supermercado.
Ver um adulto chorar.
Papai?
Pega pra mim um pedaço de chocolate.
De bolo.
De queijo.
De manga.
De sonho.
Papai?
Vamos viajar de avião.
Andar a cavalo.
Piscina. Piscina. Piscina.
Praia. Mar. Picolé.
Parquinho.
Neve.
Papai?
Lê uma história.
Não, essa não. Dá medo.
Papai?
Fica um pouco na minha cama.
Cinco minutos.
Dez minutinhos.
Duas horas.
A noite inteira.

A vida toda.
Papai?
Me dá a mão.
Pai? Pai?
Papai?
Dói muito?

Promete?

[quarta-feira]
Criança de oito anos, da classe média paulistana, com acesso às melhores escolas e hospitais, vítima de gripe. O apresentador do telejornal da noite precisa se esforçar para transmitir ao espectador que ele está realmente abalado com a história. Foram mais de vinte e sete anos fingindo na cara dura em rede nacional. Na volta para casa, ele vai chorar em silêncio no banco de trás do sedan preto da emissora enquanto escreve para a mãe dele avisando que o boleto do plano de saúde está pago. Você é um filho de ouro. Isso o motorista não vai notar. Ele acha o apresentador um merda. Ele não o perdoa. O motorista também viu a notícia. Depois de deixar o apresentador na casa de trezentos e quarenta metros quadrados de área construída no Morumbi, ele vai se despedir e começar a chorar treze segundos depois. O filho de dezesseis anos e a filha de sete do apresentador não vão entender por que o pai está especialmente carinhoso naquela noite. O filho de trinta e dois anos do apresentador, do primeiro casamento, odeia o pai. O motorista vai pegar na gaveta do criado-mudo uma foto velha e amassada nas pontas do filho dele de dezoito anos morto a tiros a três quadras de casa. O jornal noticiou o crime. Acerto de contas entre traficantes locais. O apresentador não gosta que a cada noite troquem o motorista que o leva para casa. Isso não é bom. São todos uns tipos mal-encarados. O motorista e

o apresentador, alguns segundos antes de dormir, vão pensar no pai da criança de oito anos, da classe média paulistana, com acesso às melhores escolas e hospitais, vítima de gripe. Coitado. Que Deus tenha piedade dele. Esse se fodeu.

[e-mail]
RES: Nota de falecimento
De: J. M. W.
Para: Pai
Data: 28/4/2016 17h35

Querido,
Se a gente fica com o coração cortado em pedaços só de pensar na morte da sua filha, o que não será em você, com você, de você?

[hoje]
Eu não devo. Um movimento equivocado e tudo pode ruir.

[1982]
Do apartamento na Lisboa sobraram poucas recordações. Na verdade, apenas lampejos. Ou menos ainda, sentimentos. Um brilho. Medo. Moramos lá por um ano quando eu estava com seis. Até então vivíamos na Lapa numa casa dos fundos no quintal dos meus avós. A casa da rua Tonelero. 65-74-51. Até hoje eu sei de cor o número do telefone de lá. Pra quê? Lembro do dia da mudança. Da chuva daquela tarde. De uma escrivaninha infantil com tampo retrátil e cadeira acoplada. De ser um dia tão triste. Lembro também de nunca ter conseguido dormir bem naquele apartamento. Havia uma goteira que pingava a noite inteira. Meus pais e a empregada que dormia no quarto de empregada não conseguiam ouvir o pinga-pinga que eu jurava que não me deixava em paz. Lembro também de o meu

pai ter alugado um dos primeiros VHS disponível no Brasil: *Mad Max*. Assistimos na sala. Eu e meu pai sentávamos no chão encostados em almofadões apoiados no sofá. Não lembro de nenhuma cena, mas sim de que com a turma do prédio assisti pela primeira vez a um filme pornô, encontrado por um amigo num armário trancado do pai dele. Eu podia apostar que meus pais não faziam aquilo. Não, eles não. Lembro de lembrar do esperma azul-turquesa e de alguém me falando que era daquele jeito que os bebês eram fabricados. Quem? Esperma rosa-lumicolor e grosso. Eu gozei pela primeira vez uma única e pequena gota transparente deitado no sofá de dois lugares preto com bolinhas brancas. Fiquei assustado com a ideia de ficar um ano longe da minha família por causa do alistamento militar obrigatório. A propaganda oficial na televisão fazia a goteira pingar ainda mais alto. Grossa. Me dava um gelo na barriga. Sem saber eu pressentia que em algum momento eu deixaria de ser uma unidade com os meus pais, que aquele corpo único se partiria como um rim arrancado ou um coração transplantado. Um marca-passo transforma cavalos selvagens em animais de madeira girando descascados em carrosséis de cidades do interior de Minas Gerais. Antes de casar fui visitar um apartamento no prédio. Cezanne, n. 1001. O acento caiu ou nunca foi colocado? A rua é arborizada. O apartamento à venda estava tomado por cupins.

[kkk]
O Trump prometeu construir um muro para separar os Estados Unidos do Estado Islâmico. O Trump também prometeu comer o cu de cada mexicano que insistir em tomar tequila e ouvir Santana nas periferias de L.A. depois do toque de recolher latinos. A maioria dos americanos que não come taco e odeia Shakira gosta do Trump. Eles sonham com um presidente que implante a CLT naquele país. Mas isso eles só admitem no

divã. O Trump acha que os ataques com drones que ele autoriza do seu quarto na Casa Branca não são de verdade. Que é apenas o videogame presidencial. Ele dorme de pantufas e com o pijama listrado sujo de farelos de cookies com o formato da cabeça do Mickey. A esposa do Trump é eslovena. Ela odeia tacos, a KKK, a voz do Mickey dublada para o esloveno, o Santana e sexo anal. Quando um pacifista gay de San Francisco acertar um tiro na cabeça do presidente Trump, o topete dele vai se manter intacto, mas lentamente será tingido de vermelho beijing. A bela Melania Knauss-Trump, nascida Melanija Knavs, vai sentir um arrepio de alívio no períneo. Ela e todos os fãs do Benicio Del Toro.

[sexta-feira]
Eu não quero ser O Pai da Menina Morta. Eu sempre serei O Pai da Menina Morta. Não estou procurando ou exigindo qualquer tipo de justiça. Eu simplesmente aceito a dor aguda na ausência. No vazio. Nós também somos feitos de espaços em branco. Nosso corpo não é uma massa densa. É preciso lembrar disso. Há centenas de cavidades, buracos, esconderijos, zonas mortas, terrenos baldios. A medicina nunca procurou curar a dor dilacerante nesses não lugares da massa corpórea. As drogas não agem no vazio. Eu sinto profundamente cada um desses espaços. São abismos internos. É preciso cuidado para não se perder. O cano do esôfago que se contrai para que a comida desça. O espaço que varia milhares de vezes ao longo do dia entre os órgãos do aparelho digestivo. Chama-se peritônio o saco que reveste os órgãos abdominais. Ele é repleto de pregas e dobras para embalar com perfeição o seu conteúdo. Há um tipo raro de câncer no peritônio. O filho do H. e da R., após doze anos resistindo, não aguentou. Quando ele deitou no chão para brincar com o filho e sentiu uma bola embaixo dele e se levantou e descobriu que a bola estava dentro

dele ocupando um espaço até então vazio, ele nunca tinha ouvido falar no peritônio. A medicina jamais entendeu que nós também somos feitos de ar. O médico da minha família não desconfia que o espaço criado e recriado entre dois corpos que se amam é sujeito a moléstias. O médico da minha família está com sessenta e oito anos. Ele começou a tomar antidepressivos e a anotar os próprios sonhos em um moleskine bordeaux que fica ao lado do copo de água e do *Estação Carandiru* do Drauzio Varella, no criado-mudo escuro.

Não consigo mais olhar para as fotografias da Minha Filha. Sinto náusea. Uma mistura de produtos de limpeza parece borbulhar dentro de mim até impedir que eu respire. Uma massa pastosa que vai endurecendo e tomando conta de tudo, preenchendo cada milímetro do meu corpo, até finalmente impedir o músculo cardíaco de bombear o sangue por toda a noite fria. O coração é um órgão sem mistérios. O Karl Ove já olhou dentro de um cérebro humano vivo. Depois disso, ninguém conseguiu escrever melhor que ele. Ele olhou dentro do cérebro de uma ucraniana de vinte e oito anos que enxergava explosões de cores por toda parte. Era um tumor cerebral. Ela nunca quis encontrar o Karl Ove depois que ele subiu numa escadinha de três degraus e colocou os olhos numa espécie de microscópio que permitiu que ele enxergasse uma massa brilhante e repleta de cavidades. Ele descobriu naquele instante o segredo mais bem guardado do comunismo do Leste Europeu. Ela sentia vergonha do Karl Ove como se ele tivesse exposto na capa de seu último livro uma foto da vagina dela.

[lista]
De títulos para este livro:
Lobos brancos
Sob o céu
Sob o céu de abril

Céu de benzina
Anatomia do sentimento
Anatomia do desejo
A ilha
O segredo mais bem guardado
I'm not there
Um simples diário
Entre o raio e o trovão
O centro da dor

[outono]
Depois da morte da filha deles, eles não conseguiram mais se encarar. Era como se soubessem que as retinas haviam se transformado em mercúrio onde estaria passando em looping a vida e a morte da menina amada. Oito anos. Evitar passou a ser uma proteção. Um refúgio. O pequeno apartamento foi aos poucos ganhando ares de casa de campo fechada para sempre. Lençóis sobre as poltronas, poeira nos móveis, cortinas fechadas, porta-retratos deitados com os rostos amassados contra a estante, cheiro de lã. A coleção completa do Octavio Paz em espanhol se desmanchando volume por volume a cada minuto. Ninguém ligava. A paisagem noturna de Cubatão vista de dentro de um carro a caminho do Guarujá nos anos oitenta. Eles já não se tocavam. Crianças nascendo mutiladas. Sem fórceps, sem parquinho ou qualquer compensação. O corpo dela havia adquirido uma textura fria de estátua de bronze. As pintas nas costas, as marcas da puberdade no rosto, o pelo saindo da narina esquerda, ela odiava aquela cartografia corporal respirando ao seu lado na cama. É expressamente proibido amar depois de Auschwitz.

Ele tentou reconstruir o afeto buscando os fios partidos do passado. Eles se olharam pela primeira vez na aula de Estudos Culturais II na FFLCH.

LINA BALBUENA
n. de matrícula: 222.344-9
aluno(a) estrangeiro(a)
condição: bolsa 1 ano
nacionalidade: mexicano(a)
nascimento: 26/05/1981

Ela exibia o vigor natural de quem sabe que se quisesse encantaria qualquer homem ou mulher da cidade. Uma confiança tão arraigada que vira outra coisa, calma, tranquilidade. Como se o vulcão pudesse ser acionado por vontade própria e, justamente por ter plena consciência do fato, nunca saísse do repouso. Os cabelos negros, a roupa sempre usada uma segunda vez carregando o cheiro do corpo suado na camiseta meio amassada para confirmar o acerto de todos os comentários feitos durante as aulas de política e cultura. A mistura de traços indecifráveis de nórdicos com nativos sul-americanos. O mistério das ondas do oceano Índico. Aquela parte do mundo que nos causa medo e espanto quando pronunciamos o seu nome e sabemos que jamais mergulharemos de cabeça na sua espuma. Já quase no fim do semestre, ele a viu atravessando o estacionamento poucos metros à sua frente e acelerou o passo e então eles se beijaram

desejaram
amaram
casaram
uma filha
amaram
criaram
cuidaram
outra filha
planejaram
amaram

perderam uma filha
sofreram
choraram
morreram morreram morreram e
odiaram
Nunca mais. Nunca.
Um filme mudo.

[avô]
Em 1945, meus avós perderam uma filha de apenas um ano no velho Mappin, em frente ao Teatro Municipal. Eram tempos duros. Foi impossível salvá-la. Meu avô queria levar a filhinha até o pronto-socorro para que produzissem alguns retratos profissionais da menina. Um suvenir da imensa dor. Não deu tempo. Só havia um fotógrafo na Lapa. Restou apenas uma radiografia de cinco por quatro milímetros. No verso ele grudou o nome dela escrito com a sua caligrafia elegante em um pedaço de fita-crepe cortado com os dentes. Minha avó usava dentadura, mas isso ninguém sabia. Hoje ninguém mais tem esse tipo de letra, todo mundo tecla. Ele tinha medo de esquecer o pouco que sabia de sua primeira filha. Cinco anos depois, a memória daquele rosto lentamente começou a sumir. As feições dela foram se fundindo com as de outras crianças: bebês da família, vistos na rua em carrinhos de feira e no colo de monstros em filmes norte-americanos. Nessa maçaroca mnemônica, o bebê foi se transformando num ponto cego no passado, numa sinuca de bico invisível, numa explosão muda, no Enola Gay despejando a bomba atômica todos os dias pelo resto dos tempos sobre acampamentos de escoteiros. Alguns dias antes de morrer, meu avô procurou a radiografia do seu pulmão.

[silêncio]
Filha?

[segunda-feira]
Chega um envelope pardo da Academia Brasileira de Letras na portaria de casa. Não tem remetente e está fechado com durex. Abro e tiro de dentro o livro *A disciplina do amor*, da LYGIA. Ela também perdeu um filho. Na primeira página, a dedicatória: "Para o Pai Triste, este livro que escrevi com a esperança da ressurreição porque o resto é silêncio". Tento descobrir por meio de quem ela soube do caso e como conseguiu o endereço. Não consigo. Ensaio uma resposta por intermédio da agente literária que a representa. Logo desisto. Seguirá sendo um mistério, um silêncio. A CLARICE não espera uma resposta minha. Os sobreviventes preferem ficar entre os seus porque não é preciso falar para se entender. A HILDA foi casada com o PPP. Eles costumavam passar férias no hotel Jerubiaçaba – "Lealdade na Língua Tupi" – em Águas de São Pedro. O PPP escreveu vários livros na mesa de madeira quadrada do quarto daquele hotel. Quando chegava lá, a primeira coisa que fazia era pedir para que retirassem a TV da mesa e o carpete dos corredores. Pedia também uma garrafa de uísque falsificado. O PPP nunca acompanhou a RAQUEL nos banhos de água sulfurosa bem cedo pela manhã. O PPP não se importava com o calor forte do interior de São Paulo. Ele ligava o ventilador e borrifava uísque paraguaio no peito e escrevia fumando. Ele só pegou fogo três vezes.

Meu avô conheceu a região por causa de um italiano bêbado que comprou um hotel na cidade vizinha, Carmel. O marido da minha avó nunca gostou de viajar. Passei todos os feriados da minha adolescência em Las Vegas. Quanto morre? Depois disso, meus pais compraram um apartamento na cidade e, já com as crianças, Acapulco virou o destino dos nossos finais de ano e de tantas outras vidas. Mergulhar do penhasco só uma vez. Coragem, seu covarde.

[tribunal]
Você deixou a sua filha morrer. Que espécie de pai você é? Como você ainda tem coragem de exibir a sua cara por aí? Como você ainda tem a petulância de comer, dormir, sorrir, trepar, respirar? Como? Responda!

[domingo]
O país inteiro está assistindo à transmissão ao vivo do Congresso votando a abertura do processo de impeachment da presidente DILMA ROUSSEFF. Sem muito interesse, ligo a televisão. O som está baixo e mal se ouve o que os deputados falam. Não tenho ânimo para pegar o controle, mas pelos gestos eloquentes de notórios bandidos é possível entender a farsa que está sendo representada ali. Brizola cospe em Bolsonaro. PAGU. A briga dura pouco. Naquela noite o Sarney vai se lavar com álcool. Ele tem nojo do Jango. O Prestes vai se arrepender de não ter dado um soco na cara do Getúlio. OLGA BENÁRIO. Ele o odeia. Delfim Netto, impávido, comanda o show. O presidente Allende perde. Alguns brasileiros morrem de vergonha do seu país. Chilenos serão executados em um estádio de futebol. DOROTHY STANG. Khruschóv tinha cara de bêbado, o cristo morreu na selva boliviana e o casal Sartre-Beauvoir nunca pegou em armas. Desligo a televisão e desço para a cela. Um guarda está ouvindo o Hino Nacional no rádio de pilhas. Durmo a noite inteira. Sonho com a CAMILLE CLAUDEL e o coração da Floresta Amazônica sangrando ayahuasca. A hóstia é um biscoito.

[minhafilha.doc]
NÃO QUERO MORRER
4/2011 – Eu não quero morrer. Depois que a gente morre, pode voltar?

Silêncio.

[1980]

No dia em que o John Lennon foi assassinado, eu estava com a minha mãe na cama dela assistindo televisão. Meu pai ainda não havia chegado do trabalho. Nós morávamos na casa da Lapa. O quarto era escuro e minha mãe parecia preocupada com a demora do meu pai, ao menos eu sentia isso enquanto tentava decifrar sua expressão que se transformava a cada segundo com a variação da luz da Globo. Eu não fazia ideia de quem era o líder dos Beatles. O Brasil atravessava a indefinição do fim da ditadura e o Nelson Rodrigues ainda era o profeta dos subúrbios cariocas. Algo próximo do pânico me invadiu, mais que medo. As pernas formigando. Três ratos pretos tentando escalar a ponta do lençol caída para fora da cama e tocando o carpete marrom. Cheiro de ralo nas pesadas cortinas que cobriam venezianas cinza. Meu pai naquela época usava óculos redondos como os do morto. O Famoso John Lennon foi baleado. O Famoso Meu Pai foi baleado. Eu tinha quatro anos. No quintal entre as duas casas havia um enorme ipê-amarelo. Eu brincava de recolher as sementes caídas no chão enquanto deslizava de joelhos vestindo uma calça de moletom azul-marinho. O piso de cacos vermelho, preto e amarelo cobria o quintal. Um banco de concreto brotava do chão para terminar na parede revestido com a mesma cerâmica. Geladinho e liso. No meu aniversário de cinco anos, meus pais prepararam copinhos individuais de gelatina com velinhas em cima para que todas as crianças pudessem apagar a sua na hora do parabéns. Não era preciso olhar para saber que a gelatina de morango havia acabado, o copinho de plástico branco ficava molenga nas mãos. Eles também montaram uma mesa grande e baixa sobre cavaletes. Já estava escuro na hora de cantar. A cobertura do quintal era feita de telhas amarelas e translúcidas. O cheiro de mangue das mais de trinta rendas portuguesas da minha avó que cobriam a parede dos fundos era muito mais forte que o de doce. Eu era a única criança que não gostava do próprio aniversário? Eu nunca quis ser o centro de nada e diversas vezes durante a festa minha avó me encontrou assistindo a tudo da cozinha, espiando por trás da janela por uma fresta na cortina. Caranguejos, lama e brigadeiros. A mesma manta usada para cobrir o neto no sofá da sala forrava a mesa redonda da cozinha para ficar mais fácil de puxar as cartas do baralho. Para ser bom tem que valer alguma coisa. Quando morre? Gastei uma canetinha verde recém-comprada para pintar a palma da minha mão e assustar o Life, nosso cachorro. Meus pais me repreenderam. Naquela época, minha mãe usava alpargatas verdes e meu pai, tamancos holandeses com solado de madeira. Na janela do meu quarto estavam colados adesivos de bolas de Natal que filtravam a luz do dia colorindo as paredes. Foram brinde da Fotoptica. Depois que meus avós morreram, a casa foi vendida. A nova dona cortou o ipê. Disse que estava com cupim. No jardim da frente ela também matou a maior árvore. A raiz vai acabar destruindo tudo. E jogou fora as samambaias que enfeitavam o janelão da entrada. A Virgem negra da entrada fora roubada havia muito tempo. O novo-rico odeia plantas. O rottweiler do meu tio ficou na casa. É bom para a segurança.

[lista]
Do que eu ainda vou fazer neste livro:
Ir para um retiro em Campos do Jordão.
Ter o meu mapa astral feito.
Beijar a Professora de Yoga.
Beijar um homem.
Sofrer com o divórcio.
Morrer todas as manhãs e todas as noites durante trezentos e noventa e quatro dias.
Encerrar o luto.

Me arrepender e mergulhar de volta no luto.
Fingir que eu acredito.
Fingir que eu não acredito.
Reescrever este livro pelo resto da minha vida.

cérebro (*sXV cf. IVPM*)

| princ. | oc. | etim. |

substantivo masculino
1   ANAT parte do sistema nervoso central situada na caixa craniana dos vertebrados e que recebe estímulos dos órgãos sensoriais, interpretando-os e correlacionando-os com impressões roubadas na calada dos sonhos, a fim de acionar impulsos de cometer atos terroristas, trair, perder todo o dinheiro em cassinos, entrar para a luta armada, duvidar da existência de Deus, amar, se matar, odiar os ateus, embarcar na *Apollo 13*
2   você vai perder a cabeça
3   vai botar tudo a perder
4   concentre-se nos sentimentos
5   a razão não é mais confiável
6   cérebro?

[idade viril]
Quando afinal a virilidade desaparece? O chifre dourado do touro que tensiona os segundos de cada um dos nossos atos em direção à arena some de repente da noite para o dia? Será que eu vou dormir em uma tourada e acordar em um banco de praça de uma cidade do interior? Ou essa força vai se esgotando como um frasco de remédio virado de ponta-cabeça que esvazia uma gota por vez a cada nove horas? Você nunca mais vai ter uma ereção. Você jamais vai pisar na África.

[segunda-feira]
Entro numa rua contramão. Vou devagar até o fim em vez de dar ré. Atropelo uma idosa com seu neto. É uma cena grotesca, mas linda. Poder tocar a carne viva-morta. O corredor da ACM onde os pais se espremem por uma boa visão dos filhos nadando é quente. Respirar. Um pai bem ao meu lado vibra com o mergulho desajeitado da filha como se estivesse assistindo ao Michael Phelps batendo um novo recorde olímpico. Odiar. Vejo a cena desse pai com distanciamento. Perdoar. Como quem assiste a um filme. Vejo a mim mesmo ali prostrado de frente para aquele vidro irreal, olhando para uma piscina também irreal, na Associação Cristã de Moços. Morrer. De tanto exercitar o olhar deslocado, o filósofo francês Althusser teve um surto psicótico e estrangulou a própria mulher. Foi em 1980. No mesmo ano em que o Lennon e o Meu Pai foram baleados na porta do Dakota. Até hoje os marxistas leem a obra do francês sem ligar para o fato de ele ser um psicopata. Até hoje alguns malucos acreditam que a Yoko Ono estava envolvida no assassinato do marido. Ninguém culpa a minha mãe. As duas meninas tomavam banho juntas. O Althusser uma vez perguntou para si mesmo se Napoleão realmente havia existido da forma como o conhecemos. Ele não era mais capaz de tocar a realidade. Apenas textos e estruturas abstratas. Para ter certeza de que não estava louco, ele apertou o pescoço da mulher até ela parar de respirar. No julgamento ele afirmou que sim, Napoleão havia conquistado boa parte da Europa e fora exilado em Santa Helena. Sim, a realidade existia para além dos textos. E não, ele não era capaz de se lembrar da própria esposa.

[segunda-feira. hora do almoço]
Você vai continuar morando no mesmo apartamento?
Por que não?
Você vai continuar morrendo no mesmo apartamento?

[lista]
De tratamentos sem prescrição:
Novalgina
Tylenol
Benegrip
Descon
Buscopan
Plasil
Inhalante Yatropan
Cola de sapateiro
Benzina
Uísque
Dorflex
Mioflex A
Predsin
Lança-perfume
Cocaína
Benzedeira
Tabaco
Descongex
Descongex Plus
Acupuntura
Band-Aid
Ayahuasca
Viagra
Ascaridil
Merthiolate incolor
Iodo
Gaze
Canabis
Lacto-Purga
Hipoglós
Gelol

Colo de mãe
Ópio
Engov
Estomazil
Allegra
Cataflan
Benalet
Cartomante
Padre
Psicólogo
Advogado
Neosaldina
Aspirina
Chá de boldo
Coca-Cola
Tandrilax
Rinosoro
LSD
Massagem cardíaca

[casa das crianças]
A orientadora pedagógica do Pueri Domus entra na sala de aula e avisa que os alunos estão liberados para participar das manifestações contra o Collor. Sou o número 38 na lista de chamada. Caras-pintadas. Aproveito e volto para casa. Encontro o pessoal da rua e decidimos jogar bola. Mais de vinte anos depois a orientadora entra na sala de aula e libera os alunos para participar das manifestações contra a Dilma. Mais de trinta anos antes a orientadora entra na sala de tortura e libera os alunos para participar das mortes dos guerrilheiros do Araguaia.

[casa das crianças. ainda]
Meus amigos no Pueri falam que os mortos no Carandiru mereceram. Que tem mais é que matar mesmo. Me calo. A conversa acontece na arquibancada de cinco degraus da quadra descoberta principal. Mordo meu lanche de requeijão e peito de peru feito em casa e continuo assistindo ao jogo de futebol da final entre os times do terceiro colegial. Sai briga. Minhas filhas nunca vão estudar no Carandiru. Depois de formado, o R. vai ser um neurocirurgião-celebridade em um dos melhores hospitais do país. Durante a vida ele vai olhar dentro de dezenas de cérebros. Ele nunca vai entender o comunismo do Leste Europeu. Depois de formado, o C. vai pular de emprego em emprego, sempre ganhando mais de cem salários mínimos em empresas de consultoria. Depois de gozar na cara de uma prostituta de luxo e deixar cinquenta reais de gorjeta, ele vai oferecer alguma dica de business ao dono da casa de diversão para adultos em Moema, como se estivesse revelando o endereço da caverna do Ali Babá. Ele não vai cobrar nada por isso. Depois de formado, o B. vai trabalhar numa ONG em Israel. A mulher dele nunca vai desconfiar que uma vez por mês ele pratica tiro ao alvo palestino na fronteira com Gaza. Depois de formado, o D. vai ser prefeito de São Paulo. Vai varrer a Paulista fantasiado de gari, mas de tênis importado, para não machucar o dedinho. Ele vai ajudar muito a ONG do B., o laboratório recém-inaugurado do R. e vai fazer um contrato sem licitação com a empresa-fantasma de consultoria do C. Uma noite eles vão todos se encontrar na casa de diversão para adultos em Moema e relembrar como foi bom estudar no Pueri e como o Brasil é mesmo uma merda. Naquela noite, o D. não vai conseguir ter uma ereção.

[outono]
O livro das perguntas
Por que ela não aprende o maldito português?

Por que ele não tira o dedo do parágrafo que está lendo enquanto ouve um recado importante?
Por que ela nunca cogitou o suicídio?
Por que ele nunca cogitou o suicídio?
Por que ela grita quando espirra?
Por que ele faz aquele barulho nojento quando tenta tirar um pigarro da garganta?
Por que ela nunca cogitou o suicídio?
Por que ele nunca cogitou o suicídio?
Por que ela não depila a axila?
Por que ele não escova os dentes antes do café da manhã?
Por que ela nunca cogitou o suicídio?
Por que ele nunca cogitou o suicídio?
Por que ela não fecha a porta do banheiro enquanto mija?
Por que ele não avisa que acabou de cagar ao sair do banheiro?
Por que ela nunca cogitou o suicídio?
Por que ele nunca cogitou o suicídio?

[fim da tarde de domingo]
A D. me dá de presente *O livro tibetano do viver e do morrer*. Leio querendo respostas. Sigo as instruções do autor e medito. Uso um bonsai de araçá como objeto de contemplação. Não funciona. Ou é só aquilo mesmo?
A D. também me indica uma terapeuta na Vila Madalena para me iniciar nos primeiros passos da fé budista e me levar ao famoso templo de Cotia. Dou um Google. O templo é lindo. É proibido fazer piqueniques e usar "roupas inadequadas". "Não assumir posturas inadequadas." "Não manifestar contatos íntimos." Com quem? "O Pai da Menina Morta será sempre inadequado. Em todos os lugares."
Generosa, a Terapeuta Budista me recebe em uma casa onde oferece massagens. Há cheiro de incenso, uma jarra com água aromatizada e alguns folhetos sobre meditação espalhados na

mesa. Conversamos um pouco. É tudo um sonho. A voz dela é tranquila e aveludada. Ela virou energia pura. Está por toda parte. Aqui e ali. Pensa nela que ela sente. Algo assim. Depois da conversa, ela me oferece um ritual com fogo pela alma da Minha Filha. Por que não?

Ela pede que eu a acompanhe. Está descalça e então eu decido não calçar novamente o tênis. O caminho é todo de pedras. Ela anda como se estivesse pisando em um urso-polar anestesiado. Eu sinto muita dor nos pés. No quintal da casa, obedecendo às orientações da Terapeuta Budista, que nesse momento assumiu uma postura de líder de escoteiros, tento acender uma fogueira com toras. Não funciona. Ela faz o fogo pegar para valer. Ela começa a entoar cânticos budistas e a jogar essências na direção das chamas. Ela está sentada em posição de lótus, a coluna reta como só quem pratica yoga consegue manter. Ela tem cabelos pretos compridos e usa um vestido vermelho com uma estampa branca delicada. O chão é coberto por pedras redondas. A cena é bonita. O entregador de água bate palmas e assobia do outro lado do portão. A Terapeuta Budista é bonita. O ritual continua. Ela está em uma espécie de transe. Me distraio. Será que é preciso atender a porta? A Terapeuta Budista não cobra nada. Ficamos de nos falar para ir ao templo. Ela vai vibrar pela Minha Filha e pela paz mundial. Nos abraçamos. Sinto as costelas dela.

[eu]
Crianças encenam estranhas coreografias enquanto dormem. Não respeitam a área estipulada para a cabeça e a outra para os pés, o sentido da cama alinhado ao do corpo, o uso dos lençóis e do travesseiro. Na minha cama com a Minha Filha e a Minha Outra Filha, nossos corpos vão se tocando minimamente, cotovelos, pontas dos pés, cabeças. É preciso garantir que ninguém caia do palco.

Eu não sei com quantos anos eu fui do berço para a cama, e se naquela época já era comum o uso de grades protetoras, e se eu sempre pedia uma luz acesa até pegar no sono. Não me lembro quando o meu pai deixou de segurar firme a minha mão para eu pular as primeiras ondas no mar. No Nordeste a gente ia até bem no fundo. Era perigoso. À noite havia uma feirinha hippie em frente ao hotel e eu amarrei uma fitinha verde do Bonfim no tornozelo. Depois de alguns meses virou um cordão marrom malcheiroso. Eu não notei quando ela caiu, se foi na rua ou na escola. É preciso colar o adesivo ACOMPANHANTE. Confirme os dados da sua filha nas três pulseiras e assine aqui. Eu não tenho certeza porque só me vem à cabeça um instantâneo: o Darth Vader segurando o Luke Skywalker pelo braço para que ele não caia de um penhasco que é uma espécie de vão interplanetário. Eram pai e filho, eu acho. O pai cortou a mão do filho? Qual é a causa da morte de quem cai no espaço infinito? É possível pegar o atestado de óbito no cartório? Eu jamais vou me lembrar do pedido que havia feito quando amarrei a corda no meu pescoço.

[escola]
As crianças da terceira série da Escola da Minha Filha estão irreconhecíveis depois que ela morreu. A Menina 1 gasta todos os recreios na enfermaria se certificando de que a febre não passe dos 35 mil graus, ela já estourou vinte e oito termômetros. O xixi do Menino 1 tem cor de arco-íris e jorra como um hidrante estourado. A Menina 2 não consegue ficar a menos de meio metro do chão. Quando chove, o telhado da escola não segura a água. A aula segue normalmente debaixo de chuva. A Professora 1 usa um giz de soda cáustica para gravar a lição na lousa enquanto suas pupilas dilatadas engolem o filme de sua própria infância e ela sente muito medo da morte. Ninguém consegue convencer a Menina 3 a parar de andar pelas

paredes deixando suas pegadas de ursa na tinta verde-clara. A coordenadora já pediu para o Funcionário 1 cortar todos os fios de todas as caixas de som, mas isso não impede que o "She's a Rainbow", dos Stones, toque ininterruptamente na escola. As poças já viraram rios e as centenas de carpas nadam se esfregando nas pernas das crianças. Nos cadernos para treino de letra cursiva só aparecem partituras de músicas nunca ouvidas. Elas escrevem notas musicais e falam poesia numa língua incompreensível. Já faz dois meses que as crianças não voltam para casa, elas não se lembram mais de suas camas, roupas e mães. Os adultos não entendem as palavras que saem dos seus olhos. Da boca da Menina 4 escapam nuvens em forma de maçãs. A Menina 5 adora dormir nessa névoa quente e turquesa que fica parada a apenas quinze centímetros do teto. As luzes nunca mais foram acesas. A Menina 6 chora a cada vez que a água jorra do bebedouro e escorre pelo ralinho. Quando elas correm pelo pátio, forma-se um enorme carrossel que gira numa velocidade tão alta que parece estar parado. Os cavalos balançam suas enormes cabeças negras e voam para longe da engrenagem de resina quente. O calor de suas narinas tem cheiro de fim. As crianças enxergam os adultos como se fossem pierrôs. Elas acham graça nisso e choram sem parar, em um êxtase convulsivo. A diretora da escola pediu ajuda a um grupo de psicólogos especialistas em luto para conversar com as crianças da terceira série e tentar convencê-las a voltar. De onde? O grupo se chama 4 Estações. Os homens vestem camisa social e jeans e as mulheres, roupas étnicas. São pessoas sérias. Elas acreditam mais em Freud do que em Vivaldi. Os profissionais não conseguem atravessar o fosso que separa o pátio da Guerra do Vietnã. Um dos pais toca o sino da escola sem parar criando involuntariamente uma melodia que reencanta as crianças. Ele se desespera e balança a corda com mais força ainda, o que provoca gargalhadas nos cachorros de rua que passaram a dormir por ali. Os vizinhos saíram de pijamas no meio da noite quando ouviram o estrondo das paredes da escola desabando. Não houve vítimas. Depois da reentrada, o Yuri Gagarin nunca mais compreendeu a palavra VÍ-T-I-MA.

Quando a Menina 2 fizer sua primeira entrevista de emprego, um dia antes ela vai se certificar que os seus cabelos estejam curtos. Como os da Minha Filha.

[lista]
Do que não vai dar para fazer neste livro:
Trazer a Minha Filha de volta à vida.

[quarta-feira]
Converso com o F. para publicar um texto sobre o meu processo de luto na revista. Duas pessoas escolhendo em silêncio durante nove semanas de forma obsessiva letra por letra a melhor composição para a dor. Ele é notívago. Falamos sempre depois da meia-noite, como dois espiões. Eu sou claustrofóbico. Sempre nos encontramos no aterro do Flamengo, amplos jardins e perspectiva generosa. Quem morre em um sonho nunca mais acorda. Diversas vezes ele me pergunta se eu quero mesmo publicar "o meu negócio". Sim, eu quero. Ele diz que muita gente vai ler. Muita gente vai chorar e me agradecer. Depois vão me odiar, a cada dia um novo desafeto. O estraga-prazer. Eu não sabia que era capaz de escrever.

[sábado]
Eu sempre falo para a Minha Filha lamber os avós porque eles não vão durar para sempre. Não esperava ficar assim tão triste. Antes de dormir sinto uma pontada de ciúmes. Uma centopeia rói o meu olho direito por dentro da cabeça. No dia seguinte minha mãe me liga avisando que eles estão chegando. Quanto dura

um ser humano? Abro o tapete persa. Recebo o presente e os parabéns. Vou ao banheiro, mastigo uma libélula morta, sento na privada e finalmente me lembro do nome da peça do Artaud.
DATA DE VALIDADE: 26/4/2016

[eu]

Tenho a pele das mãos muito macia para um homem da minha idade. Os dedos também são muito finos. Sempre que eu dou a mão para uma mulher em um primeiro encontro, eu ouço algum comentário sobre eu ter mãos de menina. Todas as manhãs eu passo nos dois sovacos um desodorante do tipo roll-on invisible for men. Mesmo em dias quentes é impossível sentir o odor das minhas axilas. Eu nasci na cidade de São Paulo no dia 26 de maio de 1976, às 8h20. Da primeira série ao segundo colegial estudei no Pueri Domus. Fui reprovado em física e matemática e por isso fiz o último ano do colegial no Módulo, onde era possível cursar as duas disciplinas do segundo ano, juntamente com as do terceiro, e ainda sobrava tempo para beber cerveja e fumar maconha. Entrei em nono lugar no curso de engenharia mecânica do Mackenzie, o que prova que algo não faz sentido no sistema de avaliação, já que o Pueri Domus havia comprovado a minha incompetência com os números. O Mackenzie provavelmente estava errado, dois anos depois eu tranquei o curso de engenharia porque não fazia a menor ideia do que era dito em sala de aula. Tampouco me interessava. Me formei em Comunicação Social para ter um diploma. Obtive o título de mestre em história social na USP com uma tese sobre os Irmãos Marx. Foi preciso mais de trinta anos para que eu descobrisse a área que de fato me interessava. Ninguém sabe exatamente a localização do ponto G. Certamente varia de vagina para vagina. Minha intuição diz que é na parede interna frontal e que só pode ser tocado com o dedo.

[sábado]
Pego para ler o livro autobiográfico do Boris Fausto sobre o processo de luto dele após a perda da companheira da vida toda. Ela foi uma das fundadoras da Escola da Minha Filha. Leio as primeiras vinte, trinta páginas, e largo. As entranhas do autor não estão ali. Eu sei disso. Ele nunca sonhou com lobos.

[cartório]
Nome: O Pai da Menina Morta
Data de nascimento: O Pai da Menina Morta
Estado civil: O Pai da Menina Morta
Sexo: O Pai da Menina Morta
Telefone para contato: O Pai da Menina Morta
Assinatura: O Pai da Menina Morta

[quinta-feira]
Coloco um som relaxante na Pró-Matre para acalmar a Minha Bebê. Parece funcionar. Enquanto na maioria dos quartos há um clima de grande excitação, no nosso a luz é baixa e azulada. Morgue. Aquele ponto de quatro por quatro metros no coração da metrópole, "de onde mal se vê quem sobe ou desce a rampa", aquele ponto no tempo inventado por calendários e relógios. Os créditos desceram antes da hora. É proibido ficar para a próxima sessão. No Canadá, o grosso da vida acontece debaixo da terra, em Hong Kong, lojas, residências, oficinas, restaurantes e puteiros se empilham andar sobre andar em edifícios quentes e sujos. O Yo-Yo Ma esqueceu o seu valioso instrumento dentro de um táxi em I <3 NY. Ele nunca mais encontrou a paz daqueles dias que passou no quarto 285 de uma maternidade na capital do estado do Tennessee. O dr. Gilmar morreu de câncer na próstata. Estava no segundo casamento.

[outono]
Recebi uma proposta para vaga de professora assistente em uma universidade particular recém-inaugurada na Cidade do México.
DESPENCANDO
Pode ser interessante.
RUINDO
Accitei.
TERREMOTO MATA APENAS UM CASAL
Embarco em quatro dias.
ESCOMBROS
O.k.
VÍTIMAS FATAIS
Pensei em levar a Nossa Outra Filha para conhecer a *abuela*.
ASSASSINATO
O.k.
PENA DE MORTE

[quarta-feira]
O T. me liga no celular para saber como eu estou. Conversamos um pouco e conto que ao menos consigo dormir, comer e trabalhar. Ainda não coloquei a minha cabeça em uma guilhotina. Ainda não pulei do topo de um arranha-céu anão do centro da cidade. Ele se mostra satisfeito com a informação e se esforça muito para não chorar no outro lado da linha. Diz que a minha tragédia abalou muita gente e que se eu quiser ele pode ser o carrasco. Depois ele posta o vídeo no Facebook. E que sempre existe algum nível de escolha entre mergulhar no centro da dor ou não. Fico pensando se o T. já precisou fazer essa escolha. Se ele já mergulhou de cabeça em uma piscina vazia depois de cheirar dez gramas de cocaína. Não existe cura para mim.

[sábado]
Mantenho em casa uma vela de sete dias acesa para a Minha Filha, como sugeriu a Terapeuta Budista. Ela é mesmo bonita? Nunca havia feito isso. No supermercado, compro 6 heinekens, 3 leites desnatados e 3 integrais, geleia, requeijão, pão integral, um pack com 4 toddynhos, produtos de limpeza, 5 velas e 17 caixas de veneno para barata. Retiro a vela da embalagem plástica e ela derrete formando um lago de piche. Não dura sete, mas apenas três minutos. A Terapeuta Budista me diz que não se deve retirar a embalagem e me empresta um porta-velas com base de metal e redoma de vidro. No vidro há pequenas pin-ups estampadas formando o Kama-Sutra completo. Ela trouxe de um retiro em L.A. A Terapeuta Budista também sugere que eu converse com a Minha Filha. Ela recebe tudo que sai de você. Nos dias em que mantenho esses monólogos logo quando acordo, o gosto da maresia fica na minha boca durante toda a tarde. Meu corpo encontra o da Minha Filha no fundo do mar e é trazido à superfície numa rede de pesca misturado com atuns, lagostas e um pneu velho. As cordas da rede me machucam. Não agradeço àqueles homens rudes. Compro uma vela de sete dias de citronela. A Terapeuta Budista é sim muito boa.

[quarta-feira]
Chega um e-mail da Sarlo. A mensagem é curta. Ela lamenta o inferno que eu estou vivendo. Para os católicos, inferno e paraíso são destinos finais da alma. A Sarlo não é católica. Ela já foi trotskista e hoje é argentina. Joga tênis três vezes por semana e come no café da manhã de todos os sábados o fígado da Cristina Fernández Kirchner.

++

Onde eu estou? Parece um aeroporto, uma estação, urubus comendo restos de porcos. O painel dos destinos é caótico: datas e horários se embaralham sem parar e os países estão grafados num idioma incompreensível. Fico imóvel diante de cada trem que para, abre as portas e espera os passageiros embarcarem para então partir. Depois de cinco anos congelado na plataforma, o inspetor-chefe decide que a estátua deve ser retirada do local. Atrapalha o fluxo de humanos que precisam chegar ao trabalho, em casa, ao motel, à partida de futebol, ao botequim, à prisão, ao manicômio e ao cemitério.

++

Decido ler o *Paraíso* de Dante. A leitura não vai em frente. Hoje acham o Dante racista, misógino e catolicão.

[2002]
Pego a Lina em casa e vamos ao cinema assistir ao milésimo mesmo filme do Almodóvar. Um dia antes jantamos nos meus avós. Na porta do shopping quero desistir. Preciso ver meus avós de novo. Ela topa. Eles estão morrendo. Quanto duram os humanos? Conversamos até tarde. Minha avó estava especialmente falante. Não deu muita chance para o meu avô. Ele jurava que era o nome de um general romano. Ele tem a saúde frágil há pelo menos vinte anos. A corda bamba atravessa o cassino. Esteve várias vezes por um fio. É um centurião forte. Guardo uma vaga lembrança de quando ele ficou muito doente pela primeira vez. Talvez eu ainda morasse na casa dos fundos. Estou na sala e ele não volta do hospital. Ouço uma conversa sobre vender as joias da família. A casa está coberta por uma névoa amarelo-ocre, como em um antigo filme Super 8. O cheiro é de tijolo molhado e a tinta das paredes está se soltando pouco a pouco

na forma de mapas, criando um ruído estranhamente alto e ardido quando batem no chão e se esfarelam em poeira. Os adultos por um instante se esqueceram que têm filhos, netos, um cachorro, um gato e um pintinho chamado Woodstock. Bijuterias. Os móveis sempre foram os mesmos naquela casa. Eles foram escolhidos antes de existir a casa, a Lapa e o navio que veio de Praga com imigrantes famintos pelo Carnaval de 1945. O couro do sofá foi descascando lentamente até que a minha avó decidiu cobri-lo de uma vez por todas e completamente com uma manta xadrez marrom e bege. A casa passou a ter cheiro de cobertor de lã molhado. Depois de velho, meu avô nunca mais abriu o janelão da entrada. Minha avó morreu. Vem pra cá.

[1985]
Vou com o meu pai a uma apresentação de skate num galpão da Barra Funda. Ele sempre me deixa ir no banco da frente. Naquela época ninguém usava o cinto. Passamos o dia inteiro lá. O som seco e repetitivo das rodas duras dos skates martelando o piso de cimento não me sai da cabeça. Na hora de ir embora, o vidro do carro estava estourado. Tenho um bom skate com rodinhas importadas, joelheiras, cotoveleiras e capacete. Nunca tive coragem de descer no half. Meu pai jamais insistiu. Chegamos cobertos de sangue em casa. O cavalo do Figueiredo estava agonizando.

[lista]
De dúvidas bobas:
Nossa orelha fica quente quando falam mal da gente?
É preciso respirar nos sonhos?
Se os cientistas não sabem o tamanho do Universo, como eles podem afirmar que já mapearam 20% dele?
O Oliver Sacks se encontrou com Deus?

[1961]

[1986]
O primeiro dia de aula sempre foi sinônimo de sofrimento para mim. Era preciso enfrentar um pátio lotado de crianças e pré-adolescentes, todos tentando localizar o próprio nome em uma das listas grudadas na parede. Feito isso, faltava achar a sala de aula e passar pelo constrangimento das apresentações. Sempre havia outra Maria na turma.

[madrugada de quarta para quinta-feira]
Na sala para partos normais o dr. Gilmar controla o tempo entre as contrações. Está com câncer de próstata. A quimioterapia não vai funcionar.

++

"Thank God the memory of her is still too strong."

miocardite (*1873 cf. DV*)

| princ. | etim. |

substantivo feminino CARD
1 inflamação do miocárdio
2 raio em céu azul
3 ninguém diagnosticou a tempo
4 naquele dia ela passou pela pediatra e por um dos melhores hospitais do país
5 é só uma gripe
6 hidrata bem e controla a febre
7 os olhos incharam um pouco
8 vamos observar
9 vamos continuar tentando
10 chama a sua filha
11 em alguns casos a miocardite pode ser fulminante
12 você não vai processar o hospital? ninguém tem culpa
13 você não vai processar a pediatra? ninguém tem culpa
14 por que você não saiu correndo daquele filme do Godard?

[segunda-feira]
Vou à palestra do Zé Miguel sobre Maio de 68. Ele vai tratar de música e literatura. Ele acomoda ao lado da poltrona uma sacolinha preta com o logo do MasterCard estampado na lateral e com três livros dentro. A bolsa foi um brinde. Três diferentes edições de *Verdade tropical*, do Caetano Veloso. Ele aciona doze músculos faciais por três segundos para oferecer um meio sorriso aos alunos. Ele não consegue deixar de exibir um olhar triste que já persiste por mais de trinta anos. Uma tristeza resignada, mas presente. Só eu percebo? "Mas seu coração balança um samba de tamborim." As crianças

ficaram em casa. Eu vim sozinho. A mulher, o filhinho. Minha mãe. A prima dele. Lina e as meninas. No final da aula não dá tempo de agradecer-lhe pela bela palestra. Corro para o banheiro para vomitar na privada do saber o jantar, o almoço, o café da manhã, o leite da madrugada e as duas cervejas de quatro dias atrás. O Zé Miguel ainda vai comentar com a prima dele que ele ficou abalado com a tristeza do meu olhar. Um dia essa tristeza vai virar outra coisa. Uma coisa sem nome. Uma coisa.

[memorioso]
Restaram poucas memórias da minha primeira infância. Já dos oito anos da Minha Filha eu me lembro de tanta coisa, que uma única narrativa não daria conta de organizar tudo. Seria preciso desenhar um mapa que no final teria o mesmo tamanho da realidade que se desejava representar. O mapa é o território. Oceanos, rios, montanhas, estradas, cidades, ruas, casas e cada um de seus moradores. Semáforos, buracos, lombadas, janelas quebradas, sofás rasgados, torneiras mal fechadas, ralos e escadas em caracol. Todos os detalhes de cada dia estão vivos em mim, num ininterrupto acionamento das memórias, roubadas e inventadas. Se o Karl Ove pudesse subir os três degraus da escadinha e olhar dentro do meu cérebro, naquele instante ele conheceria o segredo mais bem guardado de Tchernóbil.

[outono]
Lina Balbuena
Calle Otomíes, 145
Coyoacán, México DF
(Docs. do divórcio para assinatura)

++

CORREIOS: DEVOLUÇÃO. MUDOU-SE.

[hoje]
Escrever me cura.
Estou sendo honesto?

[segunda-feira]
Ligo para a administração do cemitério da Lapa. Eles me passam o número de quem produz as placas dos túmulos. O endereço da sua família fica na rua 3, bloco 19. É preciso passar o nome e o epitáfio por e-mail e fazer o depósito na conta-corrente que será enviada no celular. Transfiro R$ 180,00 e envio o comprovante por WhatsApp, informando apenas o nome dela. Não vou verificar se o serviço foi feito. O funcionário fica de mandar uma foto da placa já instalada. Nunca manda. Com sorte a ferrugem vai corroer tudo aquilo antes de eu ser enterrado novamente na rua 3, bloco 19.

[hoje]
Me deixa voar. Não me deixa voar.
Quanto mais alto o voo, menor a sombra.

[quarta-feira]
Não parece um consultório. Devia chamar de outro jeito. Não tem o clássico divã. Será que saiu de moda? Quando não está atendendo, o T. estuda. Ele leu todas as letras de todas as canções do Bob Dylan. Primeiro em inglês, depois as traduções para o alemão e para o francês. Em seguida ele repetiu o processo lendo de trás para a frente. Ele sabe que ainda vai encontrar. O T. senta numa poltrona e eu numa cama de solteiro encostada na parede. Há uma bagunça de brinquedos e livros. Reparo numa flâmula SILENCE IS GOLD.

++

NÃO PARE DIA E NOITE
SOMENTE EMERGÊNCIA
ABERTO 24 HORAS
VOCÊ AGUENTA O SILÊNCIO?
SUA DOR NÃO TEM CURA

[natureza-morta]
Quantos anos tem o Mick Jagger? Setenta e um, acho. É mais velho do que os avós. Mas quando eu tiver idade para ir ao show, ele ainda vai estar vivo? O Jagger ainda vai ser o último a apagar a luz. Ele vai ao meu enterro. Peço para ele cantar "Salt of the Earth". Não. Ele vai se esquecer e acabar cantando "Shine a Light". Tudo bem. Só coisa boa sai da boca linda e velha do Jagger.

Aos oito anos, eu assistia sozinho toda tarde na TV ao show dos Stones da turnê Still Life de uma fita VHS trazida de viagem pelo meu pai. Depois eu colocava para tocar repetidamente "Under My Thumb" e improvisava uma roupa parecida com a usada pelo Jagger naquele show. Calça de moletom justa, joelheiras e uma camiseta larga de jogador de futebol americano. Eu me encarava em frente ao espelho de corpo inteiro do armário de roupas da minha mãe e, sozinho, não tinha coragem de rebolar como ele. O líder dos Stones nunca teve vergonha de nada. No final do show balões coloridos voavam por todo o estádio e as pessoas se beijavam e já não pensavam na vida ou na morte.

[manhã de segunda-feira]
A rua é barulhenta. Não enrola muito. Eu tenho que trabalhar. O suqueiro já conhece a gente. Suco de goiaba? Resolvemos subir a Teodoro Sampaio a pé. Só mais um chiclete? Vamos de mãos dadas. A rua é barulhenta, suja, uma fumaça só. Ela não ouviu o que eu disse. Sem parar de andar, curvo um

pouco as costas na direção dela. Nunca abandona o papai, tá? Huhum. Eu devo ter dito essa mesma frase centenas de milhares de vezes. Só mais um chiclete? Passa pela minha cabeça uma ideia estranha. Passam três ônibus, sendo um deles intermunicipal. Se essa menina morrer, eu me mato. Eu não tenho certeza se eu já não cometi suicídio.

[carnaval]
Começo a fazer aulas de yoga. Pego o tapetinho (mat?) emprestado com o meu vizinho. O cheiro não é bom. Corto as unhas dos pés com o trim. Uso uma mochila comum. Não precisa ser aquela comprida atravessada no peito que os praticantes costumam exibir pelas ruas da Vila Madalena. A escola fica perto de casa. Minha mochila é curta para o tapetinho. Tiro de dentro e o levo debaixo do braço. O cheiro é ruim.

O salão é pequeno. Tem fotos de deuses indianos e de alguns mestres iogues na parede do fundo. O cheiro de incenso é forte e adocicado. Não consigo deixar de pensar que esses gurus dos retratos com roupas coloridas e pele lustrosa são na verdade atores coadjuvantes de musicais de Bollywood, que algum chinês baixou na internet e imprimiu em grande escala em uma pequena gráfica na periferia de Shanghai e enganou todas as escolas de yoga do Ocidente em 12 vezes sem juros pelo ebay.

A Professora de Yoga se apresenta. Tem uns vinte e poucos anos. Cabelo preso, aliança na mão direita. Fala pouco. É mais baixa do que eu apenas sete centímetros. A calça larga e macia e a camiseta curta não mostram o corpo.

A respiração se inicia no períneo. Tive vontade de rir. Mas de alguma forma a ideia de tocar aquela região do corpo dela para sentir a nascente da respiração me deixou inquieto.

A aula é boa. Minha bermuda atrapalha os alongamentos. Você precisa usar algo mais confortável. O quê?

Chego em casa e entro no Google: "acessórios para yoga". Clico em "Como escolher o seu Yoga Mat". É mat mesmo. Há várias opções: Um tapete de yoga feito para durar a vida toda. Tapete? Outro: Livre de toxinas e metais pesados. Outro: Combinação perfeita entre conforto e aderência. Outro: Tecnologia especial de absorção de água (suor). Eu suo pouco. Outro: Fabricado em juta 100% natural. Esse não. E o último: Pode ser utilizado como toalha dobrável em viagens e retiros. Retiros? É impossível escolher. A Professora de Yoga deve conseguir me ajudar.

Facebook: entrar
Buscar: Professora de Yoga
About
Works at Yoga da Vila
Went to FMU Comunicação
Lives in São Paulo, Brazil
From São Paulo
May 1, 1989
No relationship info to show
Favorite quotes Sinto muito. Me perdoa. Eu te amo. Obrigada por tudo.
Add friend

Oi. Aula puxada hoje!
:)
Preciso de ajuda para comprar o tapetinho.
Mat?

++

No início da aula de yoga sempre acontece uma cantoria em um idioma que eu desconheço. Estou ali apenas pelo bem-estar físico. A aula é boa. A Professora de Yoga coloca uma mão na altura do meu estômago e a outra na lombar para que eu corrija a postura. Ela tem a mão magra. Unhas cortadas rentes pintadas com um esmalte cor de pele, só um quase nada mais escuro que a cor da pele dela.

No final da prática tomo dois copos de água aromatizada com hortelã e limão-siciliano. No mural de entrada tem de tudo: veganismo; horta comunitária, nível médio e avançado; retiro hatha yoga em Campos do Jordão; massagem ayurvédica; florais Joel Aleixo; marcenaria lúdica-terapêutica; oficina de brinquedos recicláveis; mapa astral com J. H.

[sábado]

Eu ainda faço parte deste mundo? É justo jogar na cara dessa gente a minha tragédia? O Pai Leproso. A maioria das pessoas não quer chegar perto. Isso pega? Qualquer gesto meu é superinterpretado num nível de paranoia e exegese. Quando eu estou apenas calado, estou deprimido. Quando eu converso alegremente, estou tentando apagar o passado. Se eu tenho uma ereção, é uma compensação típica do luto. Se eu como pouco, é bom ir ao médico. Se eu como muito, é bom ir ao médico. Se eu cortar os pulsos, ou entrar debaixo de um ônibus em movimento, ou pular do topo do Empire State Building, estava na cara que algo assim ia acontecer. Também.

No final do evento as crianças apresentam três canções. É essa a surpresa. "O que eu queria mesmo era ir com vocês." Penso rapidamente no que seria mais prático: cortar os pulsos, entrar debaixo de um Uber ou pular do topo do Terraço Itália.

A D. é a primeira a me abraçar quando termina a tortura. Ela fala que gostaria de ter a metade da minha força e jamais entregar um companheiro de luta. Não entendo o que ela quer dizer com isso. Será que um dia ainda vão pendurar a minha foto na escola de yoga ao lado dos falsos gurus de Bollywood?

++

"I am not afraid, but the sensation is like being afraid."

++

A sua outra filha vai para a Escola da Minha Filha no ano que vem?

[obituário]
Folha de S.Paulo > Cotidiano > Mortes
Minha Filha (2007-2016)
Menina sempre cheia de colares e pulseiras
ELIANE T.
27/4/2016 23h56
"A criança linda, luminosa ainda ia virar notícia. Boa."

[e-mail]
Rolo compressor
De: R.
Para: Aluno?
Data: 28/4/2016 11h57

na hora h, faltam as palavras. um rolo compressor vai e volta sobre mim. te abraço, r.

++

Merda
De: N.
Para: Autor?
Data: 28/4/2016 14h03

Mas fique à vontade, dentro de você, para não publicá-lo – você não deve isso a ninguém. Tenha a certeza de que te fará bem. Ele é um presente seu à merda que a vida te fez. Eu acho que essa merda da vida merece. Abraço grande, N.

++

Com carinho
De: J.
Para: Amigo?
Data: 28/4/2016 17h32

Não adianta tapar o sol com a peneira: a sua filha é o tipo de pessoa que faz falta para o mundo.
Conte comigo,
J.

++

Planejamento patrimonial e planejamento sucessório
De: Dr. Max
Para: Empresário?
Data: 28/4/2016 19h48

++

Saiba como ter mais pegada na hora H
De: Paula G.
Para: Quem sou eu?
Data: 28/4/2016 21h43

[quinta-feira cedo]
Você vai ter mais filhos?
A Terapeuta Budista usa DIU.

[sábado]
Vou a pé até a livraria vizinha de casa. Na faixa de pedestres um garoto faz acrobacias com limões para tentar arranjar algum trocado. Nem todo mundo tem a minha sorte.

[sábado]
O aniversário do meu irmão mais velho vai ser em Itu. Decido ir de lá direto para Puerto Vallarta e voltar para a capital no dia seguinte. Na estrada entre as duas cidades está anoitecendo. A melancolia ataca. Uma revoada de III urubus. Waze: 59 min. Vire à esquerda. Siga em frente por 5,4 km e jogue o carro do penhasco.

[catedral de santiago. chile]
Pai, quem é esse cara todo arrebentado?
Jesus = Allende
Topa uma chaparrita?

céu (*sXIII cf. IVPM*)

princ.	oc.	etim.

substantivo masculino
1 espaço onde se localizam e se movem os astros. Porra, mas e Deus?
2 m.q. atmosfera (no sentido de "tempo". O Yuri Gagarin nunca mais se adaptou)
3 REL O Umberto Eco sentiu muito medo na hora da morte.
4 *p. ext.* local onde reina a felicidade, a harmonia; paraíso ‹*a casa dos avós era seu c.*›
5 completo bem-estar; felicidade ‹*para o Pobre Pai, estar morto seria um c.*›

[sábado]
Sexta-feira, 5 de fevereiro de 2016
[x] Anotar o aniversário dos familiares.
[x] Vir animada para o Baile de Carnaval.

Quarta-feira, 20 de março de 2016
[x] O tempo e o modo de vida.

Quarta-feira, 26 de abril de 2016
[ ] Ler a história que você escolheu para reescrever.

O marcador com ímã está na página do dia 26 de abril. Não deu tempo de ler a história na escola. Fecho o diário. O futuro interrompido gravado a lápis em letra cursiva que começava a ganhar firmeza é das coisas mais duras que eu já li. Desejo ficar cego. Para sempre. Lembro dela entrando na escola. Um monitor controla o trânsito com uma placa PARE. Não precisa, pai. Rabo de cavalo. Saia-shorts. All-Star cano alto preto. Não sei, filha. No armário do quartinho o All-Star cano alto cinza ainda está com a sola suja de marrom. Coloco no tanque. Arranco um naco de grama que a água leva pelo ralo. Me arrependo e tento pegar de volta aquela sujeira, aquela história, aquela relíquia. Meus dedos ficam presos no triturador de carne. Cego para sempre.

[lista]
De salvamentos:
Salvar a pátria.
Salvar o jantar.
Salvar os refugiados.
Salvar o casamento.
Salvar vidas.
Salvar a empresa.

Salvar a política.
Salvar o esquema.
Salvar a própria pele.

[hoje]
Só mais uma vez. Trepar no beliche só mais uma vez.

[frança]
Quando jantam juntos, pai e filho, Louis Garrel nunca pergunta nada sobre Deus para o pai. Ele ficaria puto. Eles discutem cinema, principalmente. Garrel, o filho, ainda não tem dezoito anos, mas já toma vinho como adulto, com os adultos.

Na noite passada ele contou para o pai que estava desejando um garoto do longa que eles estão filmando. Eu sou gay? O pai fica puto. Garrel, o filho, ainda não tem dezesseis anos, mas pode transar com quem bem entender.

Garrel, o pai, vai ficar muito orgulhoso do filho quando souber que ele foi convidado para ser o protagonista do novo filme do Bertolucci. Antes de dormir ele vai sentir uma pontinha de ciúmes. E vai ficar puto. Com ele mesmo.

[face]
Inbox:
A morte da sua filha não te humanizou. Você é um bosta! Vai pra Cuba!
Delete. Block contact.

[madrugada de quarta para quinta-feira. pronome de tratamento: você. morte]
Você liga para o seu pai do corredor do Instituto da Criança. A sua filha está sendo atendida por uma equipe com mais de cinco pessoas, entre médicos e assistentes. Um deles fica exclusivamente aplicando massagem cardíaca. Um outro fala para

ele como estão as medições de frequência do coração e dos pulmões. É a segunda vez que injetam adrenalina com uma seringa enorme no joelho direito dela. A seringa fica ali espetada. Quando o médico interrompe a massagem, o sinal sonoro de uma das máquinas se faz constante e a linha no monitor com altos e baixos fica reta como a do horizonte. Ele parece precisar de dois ou três segundos para processar essas mensagens e retomar o esforço que restabelece o som entrecortado por silêncios e o traço irregular na cor verde que atravessa o fundo preto.

Pai, vem pra cá já. A Minha Filha tá morrendo.

Na ponta do corredor, a Lina carrega a sua outra filha no colo enquanto berra desesperada. No! Dios no! Da sala vizinha onde estão salvando a sua filha sai uma mulher de quarenta anos. Ela fala para você que vai dar tudo certo. Ela está rezando pela sua filha. Você quer acreditar, mas uma estranha resignação já começa a entorpecer os seus sentidos. Você agradece.

A equipe médica deixa você entrar e sair livremente da sala, o que é estranho. Alguma coisa muito séria deve estar acontecendo. Na verdade é tão grave que os protocolos já estão sendo abandonados um a um.

A médica responsável vem até o corredor e fala para você que o procedimento-padrão é tentar a reanimação por até vinte minutos. Mas eles não vão desistir.

Ninguém sabe dizer em qual momento a equipe do hospital amputou os seus dois pés. Você não consegue se mover. Está difícil até mesmo de se equilibrar. A dor é fria e você já não sente o seu corpo. Os dois tocos de perna enterrados no chão emborrachado espalham uma gosma amarela por todo o corredor do hospital. Ninguém mais consegue se aproximar. O cheiro de infecção que sai dos seus ferimentos é nauseante. A mulher da sala ao lado interrompe a reza e vomita em um saco plástico do supermercado Dia. A essa altura ninguém mais naquele prédio acredita no procedimento-padrão.

Quinze minutos depois, a mesma médica vai te chamar para entrar na sala. Seus pais estão com a sua outra filha lá fora. A médica te instrui a conversar com aquele corpo animado pela massagem cardíaca que nunca para. Para pedir para ela voltar. A Lina entra junto e vocês não se olham. Hija mia! Vamos, filha. Vamos pra casa. Minha voz está saindo? Não, não está. É você deitado nessa maca morrendo. Sua filha está em casa assistindo à televisão. Ela não imagina que o câncer já comeu todos os seus órgãos abdominais.

Quarenta minutos depois eles desistem. A menina está morta.

Na entrada do hospício dois enfermeiros com porte físico de cavalos da guarda iraniana arrancam a sua roupa de uma vez. Entregam para você um camisolão branco-sujo e um cobertor xadrez puído e malcheiroso. Agora entra. O seu pai fica dentro do carro estacionado na frente do hospital chorando convulsivamente. A sua outra filha o consola. A sua mãe parece querer dar algum sentido para aquilo tudo perguntando para a equipe médica o que havia acontecido. Afinal, ela estava bem. Por que o coração parou? Qual a causa? Lázaro realmente ressuscitou? Por que Jesus perdeu tempo transformando água em vinho em vez de salvar uma criança? A Lina chora sem parar sentada em uma cadeira de escritório com rodinhas na sala para onde levaram vocês. Ela nunca mais será capaz de pronunciar uma palavra em português. É um cubículo abafado onde os plantonistas dormem depois de ingerir drogas lícitas em quantidades ilícitas. Você volta para a sua filha. Três assistentes estão arrumando os equipamentos, já indiferentes ao corpo estendido de calcinha e camiseta na maca muito branca e brilhante por causa da luz ainda acesa sobre ela. Você toca nela. Ainda está quente. Um fio de sangue seco liga o nariz à boca. O sangue some do seu rosto e do seu corpo. Nada mais liga você a nada. Aguenta firme. Volta para a salinha e fala para a Lina que nada acabou.

Faça isso. Não racionalize. Não é hora. De onde você tirou a firmeza para falar essas palavras com tamanha convicção? Estava no roteiro. Você se pergunta se disse realmente essa frase ou não. Mortos não falam. Em três meses ninguém mais vai se lembrar de você.

Agora é preciso ir ao outro prédio assinar alguns papéis. A burocracia não morre. Apareceram amigos e parentes. Como? Alguém ligou. Isso pouco importa agora para você. É madrugada em São Paulo. Responda: cremar ou enterrar?

Você vai para a casa dos seus pais. Não sabe como chegou lá. A sua mãe oferece a você um comprimido verde para ajudar a dormir. A toca do coelho está fechada. Toma. E agora? Vai para a cama. Como se estivesse voltando de uma festa. É a única saída possível. O suicídio nesse momento não é uma boa ideia. Beije as suas filhas e durma. Amanhã você se vira com a ressaca.

Você é um péssimo pai. Deixou a sua filha cair, bater a cabeça, se afogar, ser picada por uma cobra venenosa.

Você deixou a sua filha sozinha em uma maca fria no Instituto da Criança coberta com um lençol de solteiro branco.

[whatsapp]
Lina querida! Dios mio! Estoy llorando x dentro. Lo siento tanto, tanto, ay no. G.

[eu]
Não consigo me orientar fora do meu bairro. Já saio preparado para me perder. Olhar mapas e decorar estações de metrô em cidades estrangeiras onde eu vou ficar apenas três ou quatro dias sempre me pareceu perda de tempo. Também nunca gostei de abrir aqueles guias no meio da rua, que deixam estampada na testa minha condição de TURISTA. Falo inglês e português apenas. E o inglês não é lá grande coisa. Já o português não serve em lugar nenhum. Basta eu abrir a boca que

fica escrito no meu peito IMPOSTOR. Nunca tive paciência para pesquisar como é calculada a cada ano a data do Carnaval. Jamais vou manter o passaporte em dia, como se diz. Me cansa quem conversa sem parar sobre trabalho e só fala em dinheiro, quem tem muito ou quem tá sem nada. Acho criminoso quem fala "apenas" para quebrar o silêncio. Numa hora dessas fica gravado na minha cara CALA A BOCA.

[alma do negócio]
Retiro uma senha para ser atendido no serviço funerário da prefeitura de São Paulo. O escritório fica dentro do prédio do velório do cemitério do Araçá. Tem muita gente por ali. Não dá para sentar. Vou tomar uma Coca-Cola no bar vizinho. Finalmente sou atendido. O vendedor de uns cinquenta anos e pele bastante vermelha me entrega o catálogo de produtos. O tom solene foi muito bem ensaiado.

SERVIÇO FUNERÁRIO DA CIDADE DE SÃO PAULO
(Produtos e serviços)

Apresentação

PRODUTOS
Caixões
Urnas
Velas
Arranjos florais

SERVIÇOS
Traslado
Batedores
Padre
Formolização

ANEXO
Preços e condições
Pacotes
Por que contratar
Dúvidas frequentes

Qual o tamanho da falecida? Não sei. Ele olha a ficha que eu fui buscar no hospital e entreguei a ele. Ah, é uma criança. Sinto muito. Nesse caso só há duas opções de caixões: o mais simples e o branco com detalhes dourados. Ele me acompanha até o showroom onde há alguns modelos expostos. Tudo cheira a verniz. Há luzes dirigidas em cada peça. O carpete é verde-escuro e a decoração é de bom gosto. Escolho o mais bonito. Ele me pergunta sobre as flores. O pacote fica em quinhentos reais, mas vale a pena. Falo que pode ser apenas uma coroa de cada lado. A cruz não é necessária. Formolização. Você vai querer? Tem que ser paga à parte, em dinheiro ou cheque. Se não fizer, como o serviço vai ser mais de vinte e quatro horas após o óbito, vai ter que ser caixão fechado. Ligo para a Lina. Sem formolização, for-mo-li-za-ção, ela não vai poder ver a filha pela última vez. Sim, vou querer formolização. E quanto ao padre? Pode ser um de verdade, mas nem sempre funciona. Ou um ator profissional. Nesse caso ele envia uma proposta de texto por e-mail. Personalizado é 20% mais caro. É preciso aprovar até três horas antes da apresentação. Acho que não. Não sou batizado. Aceita cartão? Sim. Em até 3 vezes sem juros para compras acima de oitocentos reais. A segunda via é do senhor. Boa sorte. Eu que agradeço.

[hoje]
Eu morri pela primeira vez em 1980. Ninguém quer dizer oi para um Pai Morto.

[las vegas]
Pascal sempre foi um jogador inveterado. Sua aposta nunca teve nada a ver com fé. O que realmente o movia era sentir o coração disparado e a mão direita dentro do bolso da jaqueta de couro tão tensa que as unhas faziam a palma da mão sangrar enquanto a bolinha saltitava sobre a roleta que girava como se nunca mais o resultado fosse ser revelado.

Quando os velhos gângsteres de Las Vegas foram substituídos pelos novos gângsteres escondidos atrás dos logotipos das corporações, Pascal foi ficando cada vez mais prostrado em seu velho trailer estacionado no deserto. Morreu sentado no sofá de veludo vinho rasgado. O guarda que encontrou seu corpo afirmou ter visto um bilhete sobre a mesinha de centro rachada dizendo algo sobre o resultado de uma aposta, mas ele julgou uma tolice e o descartou na privada. O médico-legista apostou com um colega que aquele senhor havia morrido fazia trezentos e cinquenta e cinco anos.

[sábado]
Agendo horário para cortar o cabelo. A cabeleireira é a mesma da família toda. Subo a escada de dois lances do salão. Ela faz o serviço calada, como se estivesse raspando naquele dia a décima quarta cabeça de mais um assassino que havia acabado de chegar ao presídio.

[outono]
Eu te odeio.
Eu também.
Eu te odeio.
Eu também.
Eu te odeio.
Eu também.
Eu te amo.

Eu também.
Eu te odeio.
Eu também.

[sonho]
Estou em um ginásio assistindo a um show de rock da banda Os Gorilas de Sumatra. O vocalista é o Paulo de Tharso, figura conhecida da cena alternativa do teatro paulistano. Ele foi meu professor de francês. Fiquei sabendo da morte dele pelo Facebook. Foi de repente. O pai o encontrou morto na sala de casa. Tinha uns cinquenta e poucos anos. Muito Jim Morrison nas veias. Eu nunca cheguei a ir a um show dele, mas li o conto de mesmo nome da banda escrito pelo seu amigo Mirisola. O Paulo é um daqueles malucos de coração maior que o mundo. O cheque das aulas ele pedia para não colocar nominal porque ele depositava na conta do pai para depois sacar. Essa fragilidade, a dependência do pai aos cinquenta e tantos anos, um pai portanto já velho, e depois de tudo esse senhor encontrando o filho morto, estendido no chão, transformam o sonho com o show numa explosão branca. Uma banda de rock num ginásio-vácuo, onde o som não se propaga. A ausência de lógica em um pai velho enterrando um filho velho. O segredo prometido na tentativa de girar ao contrário o vinil da última faixa do *Sgt. Pepper's* para ouvir uma voz macabra, metálica e indiferente, dizendo repetidamente PAUL IS DEAD, jamais é revelado. O Paul ainda não morreu, mas vai morrer a qualquer momento. O obstáculo incômodo, e jamais risível, da morte.

[playlist]
Shuffle Que a saudade dói como um barco/ Que aos poucos descreve um arco/ E evita atracar no cais/ *Shuffle* Enfim, de tudo o que há na Terra/ Não há nada em lugar nenhum/ Que vá crescer sem você chegar/ Longe de ti tudo parou/ *Shuffle*

O que importa é ouvir/ A voz que vem do coração/ Pois seja o que vier, venha o que vier/ Qualquer dia, amigo, eu volto/ A te encontrar/ *Shuffle* You were only waiting for this moment to arise/ *Shuffle* Janelas e portas vão se abrir/ Pra ver você chegar/ E ao se sentir em casa/ Sorrindo vai chorar *Shuffle* Meu coração/ Bate feliz/ Quando te vê.

[carnaval]
A Professora de Yoga vê graça na minha falta de jeito com os alongamentos. Ela insiste que eu preciso usar roupas adequadas. Tudo bem. No final da aula ela me fala do retiro que vai acontecer em Campos do Jordão como se comentasse que havia começado a chover. Pergunto como é o esquema e ela me fala que tem um flyer pregado no mural de entrada. Fico sem jeito de fazer mais uma pergunta.

++

Facebook. Entrar. Mensagem para Professora de Yoga:
Você vai para Campos?
Claro.
Acha que eu devo ir?
:)

++

Procuro no Google sobre o retiro. "Há lugares no mundo onde a alma repousa e o espírito se liberta, lugares onde esquecemos as preocupações que nos atormentam e onde os sonhos voltam para nos desafiar."

++

Em Campos do Jordão servem sopa de lentilha no jantar. O banho é frio e as pessoas exibem gestos e sorrisos coreografados. Há uma sala comunitária e dois ou três chalés de madeira com duas camas em cada um. À noite todos se reúnem em volta do fogo e eu penso em arriscar alguns acordes no violão. O cheiro de incenso e o calor da lareira nas minhas costas me dão uma forte dor de cabeça. Eles amam o beatle George. Não adianta perguntar. Certamente aqui ninguém tem um Dorflex na bolsa. Desço para o chalé e cruzo com a Professora de Yoga que está subindo com os cabelos molhados. Ao passar por ela sinto um cheiro forte de eucalipto. Retiros de yoga têm sauna? Ela sorri e eu devolvo. Já vai dormir? Ela veio sem o noivo. Parece que ele trabalha com publicidade em uma agência média ou grande. Não me interesso. Vou deitar agitado e confuso. A dor que não cede e os pesadelos em alta velocidade me fazem despertar ainda de madrugada. A ideia é acordar às 6h30 para meditar, depois prática de ásanas. No café da manhã servem arroz com ghee para limpar as vísceras. À tarde mais práticas e no fim do dia voltar para São Paulo. Começou a Festa de São Vito, no Brás. É preciso chegar cedo para não pegar muita fila para o churrasco de fígado. Decido voltar antes do fim do retiro. A Professora de Yoga lamenta que eu vá perder o encerramento. Sopa de lentilha? Ela ri. Uma piada finalmente funciona. Vou embora mesmo assim. Ainda sentindo muita dor, mesmo depois do reiki aplicado por um guru vindo diretamente do fundo do Ganges. Estaciono na farmácia do centro de Campos de Jordão. Tomo logo dois comprimidos de Mioflex que engulo com a ajuda de um gole de Coca-Cola gelada tomada direto do bico da garrafa de 600 ml. Deve dar para a viagem toda. Compro também um pacote de bolachas Negresco. Bem-vindo à AutoBAn.

[domingo]
Não encontro os contos do Onetti na estante da sala. Os livros em casa não respeitam nenhum tipo de ordem. *A árvore dos desejos*, do Faulkner. A planta mágica vista de longe. As folhas começam a voar e quando o grupo se aproxima percebe que se trata de são Francisco rodeado por passarinhos. O estranho garoto de cabelos vermelhos e olhos faiscantes, Maurice, assopra pequenos pôneis de plástico que crescem e ganham vida. O enfermeiro aplica massagem cardíaca.

[viagem]
Um dos meus vizinhos de andar, e melhor amigo por muito tempo, tinha um apartamento no Recife. Nas férias de verão nós costumávamos passar uns quinze dias na praia de Boa Viagem. A avó dele vinha de Olinda para nos vigiar. O mais velho da turma tinha dezessete anos e a mais nova, treze. Ficava distante da praia, mas a graça era a casa-refúgio. Quantos nós éramos, eu já não sei. Dez, quinze? Alguém sempre sugeria o uso de alguma droga. Cheirar benzina muitas vezes vencia porque era fácil de comprar e usar. Na verdade não é exatamente cheirar, mas aspirar o líquido derramado em um pano qualquer. Quase sempre na parte de baixo da própria camiseta que deve ser dobrada para cima, funcionando como uma máscara enquanto deixa a barriga de fora. Não me lembro se as meninas também ficavam com aquela parte do corpo nua. Rapidamente a percepção auditiva se altera. Um zumbido fino encobre o som dos Titãs que sai de uma velha caixa de som. O equilíbrio dança. Em poucos segundos ninguém mais se entende. Um sorriso entre o encantado e o idiota se estampa nos rostos. No meu caso, a brincadeira sempre terminava mal. Uma espécie de bad trip na qual eu parecia sumir do meu corpo e voltar com um sabor de morte na boca. A benzina gela tudo e tem cheiro de UTI. Não sou capaz de afirmar quanto tempo durava

o apagão. Mas eu retornava com a certeza de que aquele sonho de prazeres era muito frágil. A vida afinal não passava de uma gaze cor-de-rosa que se rompia continuamente encharcada em líquido inflamável. Eu não vinha com nada para contar. De onde? Nunca comentei sobre esses episódios com os meus amigos. Um gosto ácido na boca permanecia por dias, e o olhar assustado de quem viu algo muito feio, mas não sabe dizer o quê. Uma coisa ainda sem forma, aquele canto no estacionamento do supermercado onde fica guardada a caçamba do lixo e que à noite ninguém tem coragem de se aproximar. Uma sombra. Um corpo que nasce do piche. Algo preso entre dois mundos. Uma espécie de intervalo rachado no céu nublado da metrópole. Depois de voltar eu não era mais capaz de brincar. Ficava calado e sério, olhando aquela loucura coletiva com distanciamento. Esperando o momento em que eles também retornariam e o touro ensanguentado finalmente seria arrastado para fora do centro da arena, deixando um rastro escuro na superfície da Terra.

[quinta-feira]
Aniversário da L. Jardins. Chego cedo. Ela derrubou a parede da cozinha. 3 metros de pé-direito. Cinco ou quatro convidados por enquanto. Me distraio no celular para disfarçar minha timidez. Fecho os olhos durante dois segundos enquanto tomo o último gole de vinho da minha taça. Eu não bebo desde que a Minha Filha morreu. Abro os olhos. O apartamento encheu. 2,75 metros de pé-direito. É uma noite fria. Os convidados ainda não se decidiram se já dá para tirar os casacos e as malhas. "Te conheço de algum lugar." Lista. De coisas que eu odeio: Festa surpresa (nunca tive uma); Reencontros; Rock dos anos 80; Azeitona (preta e verde); Pessoas muito confiantes. "Será?" O R. vem falar comigo. Um rosto conhecido funciona como um colete salva-vidas nessas horas. "Oi, você se

fodeu. Eu sei. Tá tomando o quê?" Melhor assim. Consigo relaxar quarenta e oito dos seiscentos músculos do meu corpo. "Te conheço, sim. Da FAU? Da Ilha? Do Paulistano?" 2 metros de pé-direito. "Não. Não. E também não." Alguns homens precisam tomar cuidado para não bater a testa no lustre que o pai da L. trouxe para ela da Turquia. "Eu sou a favor do Estado laico." Tomo minha terceira taça de vinho. Já dá para tirar a blusa. A malha que um dia foi azul está deformada no cotovelo. "Você tem filhos?" 1,50 metro de pé-direito. A dor na cervical é maior do que o bem-estar proporcionado pelo álcool. "Sim, tenho." Fios vermelhos de sangue vivo escorrem pelo rosto de todos os convidados. O teto abriu feridas no couro cabeludo das pessoas. Um homem mais velho está com a barba empapada de sangue. "Esse argentino é ótimo!" 1 metro de pé-direito. Todos estão ajoelhados. O chão está coberto de sangue, tufos de cabelo e restos de torta de damasco com brie. "Ano sabático." Para conseguir beber mais vinho é preciso que cada convidado dê da sua própria taça na boca de quem estiver mais próximo do seu lado direito. Um casal está transando embaixo da mesa. "Colesterol zerado." Parece irresistível algum tipo de encaixe entre todos aqueles corpos de quatro e encharcados de álcool e secreções. "Quantos filhos você tem?" 1 metro de pé-direito. Tento rastejar. O tapete da sala está empapado de suor. Poucos convidados não estão transando a essa altura. A L., aniversariante, está aflita para cantar parabéns. 0,5 metro de pé-direito. "Vamos todos morrer." Me arrasto pelo chão até conseguir mergulhar no poço do elevador. Fico ali desacordado com mais dezessete convidados e o porteiro. Com sorte o elevador desce e acaba com tudo. Acaba com a dor. "A região é conhecida por Jardins. Onde não há nenhum." A L. decide cortar o bolo ou vão custar uma nota todos os testes de DNA. Os convidados muito contrariados interrompem o gozo. Um anão com feições de gigante decide fazer um brinde. Ele ergue a taça que explode no teto. O sopro de álcool nas III velas de sete dias incendeia a cortina que a mãe da L. trouxe da Índia. "Eu sou a favor das castas." Como se finalmente todos estivessem de volta do transe da benzina, o apartamento está agora coberto com pó químico do extintor. A sensação boa de voltar para casa após as férias com os amigos. O prédio de doze andares, branco e de tijolos aparentes. Edifício Miami Star. No dia seguinte deu muito trabalho enfiar todas as entranhas em treze sacos pretos e brilhantes de lixo e fechar bem apertado com silver tape.

clube (*1799 HCPer 197*)

| princ. | oc. | etim. |

substantivo masculino
1   você não foi aceito
2   você não é bem-vindo
3   você sempre será inadequado
4   os sobreviventes de Tchernóbil devem permanecer isolados
5   não insista
6   eu já disse
7   por favor, não me toque

[humor]
Escrevo para o R. a respeito da minha forte identificação com o chamado humor melancólico. É nessa categoria que aparecem as grandes obras do espírito. Não, eu diria que você está mais para o fleumático. Google: fleumático. "Prefere brincar sozinho, ainda que aceite sem protestar, mas também sem grande entusiasmo, a companhia dos outros."

[sexta-feira: velório. sol a pino. versão 1. menção honrosa para documentário de curta-metragem – júri oficial do festival É tudo verdade (It's All True)]

Ele está dentro da sala do velório. É um amigo da família? Não, é o pai em pessoa. No caixão, aberto e branco, coberta de flores, está a filha morta em um vestido verde-claro com estampas florais. É uma roupa de festa. O que ele pensa? Ele consegue imaginar a apreensão das pessoas quando ele se aproxima do corpo da própria filha de oito anos? Alguns figurantes se perguntam por que ele entrou. Para que levar essa imagem estampada no cérebro e nas vísceras para sempre? Por uma fração de segundo ele pensa a mesma coisa. Mas nem se olhássemos nesse instante dentro do cérebro dele, poderíamos encontrar uma resposta minimamente satisfatória. As mãos dela, uma sobre a outra como em um retrato antigo, o formato de cada unha. O rosto com os olhos fechados. Ele toca as mãos dela. Há muita apreensão no set de filmagens agora. As mãos estão menos geladas do que ele poderia imaginar. O dia está quente. Ele passa dois dedos suavemente na testa dela, como costumava fazer na hora de acordá-la. A textura da pele naquela região, a rigidez do osso, tudo está como sempre. Ele se inclina sobre o caixão. A filhinha dele está mesmo ali dentro deitada coberta com flores. E agora, meu Deus, o que ainda falta acontecer com esse pobre coitado? Ele beija lentamente o rosto dela. O toque é igual ao de sempre. Nada nesses minutos de sensações corporais indica que ela não poderia estar apenas dormindo.

E se sonho e realidade forem categorias falsas para nos distrair da verdade de que a vida é apenas uma gravação? Um roteiro definido, ensaiado e gravado há muito tempo. E que nós, numa certa condição incompreensível, somos atores e espectadores ao mesmo tempo. Como espectadores não podemos alterar o filme, o roteiro já foi decorado e a película está pronta.

Mas na dobra do ator queremos acreditar que é possível interferir, agir, mudar as coisas. Bastaria bater palmas duas vezes e dizer pronto, agora acorda.

Forma-se a fila para os pêsames. Uma espécie de procissão invertida na qual o objetivo é oferecer conforto em vez de pedir por um milagre. A câmera faz uma tomada única registrando um por um os rostos de amigos e parentes e conhecidos que ensaiam sua melhor expressão de sentimento de absurdo e compaixão para oferecer aos pais.

Alguém pede que ele se retire por alguns minutos da sala do velório. É preciso fechar o caixão. Ele sai. Mas antes dá o último beijo na filha sem a plena consciência de que este último não seria como até então apenas força de expressão. Como as centenas de últimos beijos antes de dormir, de sair, de ir para a escola ou para o tão aguardado acampamento. A Lina está ali fora sentada olhando o nada, que será a sua visão dali em diante pelo resto dos seus dias. Sem se dar conta, ela acaricia a própria barriga. E conversa em silêncio com o seu útero vazio. Nenhum cineasta é capaz de dar forma àquela dor.

Ele é transportado até o túmulo no mesmo carrinho que leva o pequeno caixão.

Graças ao esforço e à habilidade de dois homens fortes e uniformizados como jardineiros, concentrados com suas expressões sérias, a cena do caixão sendo guardado em uma das gavetas do túmulo, que depois é lacrado com tijolos e o mais comum dos cimentos aplicado sem nenhuma solenidade com a também mais comum das pás de pedreiro, não é das mais duras do filme. Ele aguenta firme sob o sol.

Ele volta a pé até o velório. A última coisa que deseja nesse momento é parecer clichê. Por isso ele não grita, ou bate a cabeça na parede ou se descabela.

Ele agora vê poucas pessoas. A cena fecha com a câmera nele e em um amigo e o seguinte diálogo curto:

Nuno, eu me fodi.
Verdade.

[busca]
Dou um Google em Chico Xavier e encontro no YouTube: Biógrafo Ateu de Chico Xavier Diz que Filho Viu Espírito.

[hoje]
Quando me esqueço da dor, eu me afasto da Minha Filha.

[frança]
Odeio e adoro na mesma medida quartos de hotéis. A primeira noite de uma viagem normalmente é turbulenta. Os sonhos são confusos e costuma ser horrível acordar no meio da noite sem saber onde se está.

Em Paris tenho um sonho tomado de violência e medo. Andar tranquilamente à noite pelas ruas de uma grande metrópole é algo que confunde o nosso tão longamente preparado instinto de sobrevivência sul-americano.

O quarto está muito escuro. Mesmo após alguns segundos com os olhos abertos, não consigo localizar o banheiro. O edredom branco é leve, mas produz um calor intenso. Meu corpo ainda está dolorido por causa do retiro em Campos do Jordão. Os parisienses não fazem sauna para não admitirem a superioridade dos alemães. A lembrança do vapor, o calor excessivo da cama e o blecaute do quarto provocam uma onda morna que atravessa todo o meu corpo. Começo a me masturbar lentamente. Seguro com grande esforço a respiração que implora por disparar. Um orgasmo longo me arranca daquele quarto, deste mundo, do tempo.

[convulsão]
Devo ter ouvido dezenas de vezes minha mãe contando sobre uma convulsão febril que eu tive ainda bebê. Sobre como

ela atravessou o quintal de pijama e esmurrou a janela dos meus avós gritando que eu estava morrendo. Sobre como o meu pai não pensou duas vezes e entrou comigo de roupa e tudo no banho gelado. Depois disso minha mãe não podia notar o menor sinal de febre que me bombardeava com doses cavalares de Novalgina. Esse medo da convulsão marcou parte dos cuidados dela comigo.

    A Minha Filha tinha um ano e pouco e a febre não estava muito alta. A Lina deu o Tylenol, um beijinho na bochecha, passou a mão esquerda de forma carinhosa quase flutuando pelo rosto da filha, e a deixou no berço. Da sala ouvimos um berro curto. Corremos os dois e demos de cara com a convulsão. Entrei no banho gelado de roupa e tudo com ela no meu colo. O lábio dela estava roxo, os olhos virados e o corpo rígido. Volta! Apesar dos meus reflexos terem sido coreografados pela memória da minha própria história, em nenhum momento eu pensei que pudesse ser apenas uma convulsão febril. Algo que em seguida iríamos descobrir ser muito comum. Pelo não pelo sim, fomos a um neuropediatra que pediu todo tipo de exame. A convulsão febril é a imagem mais parecida com a da morte. Já era um ensaio do que viria pela frente? O Paulo de Tharso também teve uma convulsão febril quando bebê, e o pai dele entrou de roupa e tudo no chuveiro gelado com ele no colo. Paulo, volta Paulo!

    [sem nome]
A Minha Filha não para de jogar coisas para a irmã dela. O quarto delas está abarrotado de bonecas de pano
    Peças de lego de todas as cores e formatos
    Vestidos
    Conselhos
    Piadas
    Histórias

Carinho
Choro
Medo
Barracas feitas com cobertores e cadeiras da sala
Arrependimentos
Dúvidas
Plantas carnívoras
Caranguejos vivos
Muita terra úmida
Raízes aéreas
Solos de guitarra
Sonatas para piano
Árvores genealógicas
Bulas de remédios
Agulhas de acupuntura
Gargalhadas
Hálito da manhã
Os últimos dentes de leite
E-mails
Orquídeas chocolate
Florais de Bach e termômetros
Namorados que nunca existiram
Sonhos jamais sonhados
Cartas para o Papai Noel
Pilhas oxidadas
Cotonetes partidos
Países inteiros
Bibliotecas queimadas
Massagem cardíaca
Mapas do tesouro
Caixas de joias vazias
Injeções de adrenalina
Bustos de filósofos

Efígies de reis
Flores de plástico laranja e verde
Cacos de vasos do Império Romano
Biscoitos não assados
Filmes pela metade
Fotos novas desbotadas
Brilhos e labirintos
Corujas e jabuticabas bicadas às seis da manhã
Saudades
Portas de emergência

A Minha Outra Filha não deixa ninguém arrumar a bagunça. Ela diz que não é bagunça. É outra coisa. Mas ela ainda não sabe o nome.

[paraty]
Como eles colocam aqueles barquinhos dentro das garrafas? Eu tenho quarenta e um anos e esse persiste para mim como um grande mistério.

[quarta-feira]
Nova consulta com o T. Finalmente ele comprou um divã. Fica mais fácil a aplicação da morfina. Quero uma dose dupla. A dor é enorme. Ele está em silêncio do outro lado do confessionário. Solto a fumaça de ópio na direção do rosto dele. Começo a falar da Terapeuta Budista. Da textura da pele dela. Da textura da pele da axila e da sola dos pés. Da cor do bico do peito quando ela fica excitada. Da cor da gengiva quando ela fica muito excitada. Do cheiro dos pelos da vagina, da temperatura do hálito e da frequência cardíaca quando ela goza pela terceira vez. O T. no final da sessão me absolve e pergunta se ele pode me pagar o dobro. Não precisa. Eu gosto de ajudar os refugiados.

[carnaval]
Já percebo meu corpo se adaptando aos movimentos da prática da yoga. Continuo não conseguindo entoar mantras. A Professora de Yoga voltou após um retiro de quarenta e cinco dias na Índia. No final da aula trocamos algumas palavras, mas algo aconteceu nessa viagem. Noto que ela me olha como se eu ainda estivesse numa espécie de infância espiritual. Ela me encara como um adulto observa uma criança que faz um esforço enorme para realizar uma tarefa corriqueira qualquer, como subir numa cadeira. Há um mundo, ou vários, entre nós. Comento com ela que finalmente comprei roupas confortáveis. De novo aquele olhar bondoso, como o dalai-lama olharia para um político corrupto que pede algum tipo de aprovação por ter realizado uma pequena obra de caridade.

Ela se abaixa enquanto torce o tronco para encher novamente o copo de água com a jarra que fica em uma prateleira mais baixa coberta com uma gaze laranja enfeitada com uma delicada estampa indiana. Cinco fios de cabelos molhados de suor se soltam do rabo de cavalo ainda bem apertado na altura da nuca. Após beber a água, microgotas contornam a linha sobre o lábio superior. Num movimento automático, ela passa a língua para eliminar aquela umidade incômoda. Tchau, vou nessa.

[humor]
Na FFLCH é proibido dizer "não sei". Ali todo mundo sabe alguma coisa. Quando um aluno pede uma Coca-Cola e um pão de queijo no trailer-lanchonete, ele fala como se estivesse proferindo o segredo mais bem guardado da dialética marxista.

[quinta-feira]
Tem início a reunião. DESENVOLVIMENTO. Sentamos nas cadeiras pequenas usadas pelos alunos de cinco anos.

RESPONSABILIDADE. O corpo logo começa a doer. SUJEITOS AUTÔNOMOS. A explicação é longa. CIDADÃOS RESPONSÁVEIS. Os pais têm todo tipo de dúvida. UM MUNDO MELHOR. Normalmente são questões ainda muito fora de hora, para serem desatadas em um futuro distante, que talvez não chegue nunca. SER CRIANÇA. Quanto dura um ser humano?

[sonho]
Alice: Chapeleiro, nunca mais vamos nos ver.
Chapeleiro: Vamos, sim. No palácio dos sonhos.
Lina: Mas aí não é realidade...
Chapeleiro: E quem foi que disse isso?

[carnaval]
Já faz quase um ano que comecei a praticar yoga. De uns meses para cá tenho transpirado muito durante as aulas. É bom, você está se purificando.

[quarta-feira]
Aquela criança que um dia ouviu os batimentos do coração da mãe de dentro do corpo dela ainda podia sentir o peito quente que a abraçava? Ela já havia morrido no carro? É difícil situar o instante exato da morte. Não é ainda o corpo gelado e nem o "foi pro céu". No primeiro ultrassom, a médica disse que ela estava mais ou menos do tamanho de um feijão, e já foi possível ouvir o batimento cardíaco. Acelerado. A Lina costumava conversar com a barriga enquanto a alisava durante a gravidez e lia manuais sobre amamentação, alimentação, primeiro amor, sexo na adolescência, vestibular, carreira, saúde e previdência. Agora ela chama a filha pelo nome implorando que ela fique. Ela ainda reconhece a voz da mãe? Ela compreende algo? Dios! Ela costumava chutar a barriga

por dentro, deformando o corpo da Lina. Agora está imóvel. Ela está se afogando fora do útero onde recebia alimento, proteção e amor. Onde aprendeu como um coração deve bater. Um parto invertido sem berro. Talvez também sem dor. O umbigo é uma cicatriz.

[homem velho]
Você está vendo o homem velho?
Sim, aquele mesmo.
Sempre com o jornal debaixo do braço.
O olhar perdido no fundo da garrafa que não guarda nenhuma mensagem para os náufragos do ano 2030.
Não, não é o jornal do dia. Para ele já não importa o que está acontecendo neste exato momento.
Ele precisa se esforçar para o ar entrar e não ficar parado apodrecendo em seus pulmões. É um grande sacrifício soltar a poluição da cidade a cada dez segundos. O diafragma é fraco.
Não, ele não está tentando vomitar. Preste atenção. Ele está empurrando goela abaixo com o dedo médio o pão amolecido durante horas na boca. O mesmo pão que ele dá aos pássaros da praça. Não são pombos. Olhe novamente.
Sim, ele está deitado agora no banco. As folhas de jornal cobrem seu corpo.
Morto.
São urubus.

[lista]
Das melhores músicas em língua inglesa:
"Sweet Black Angel" – Stones
"Pale Blue Eyes" – Lou Reed
"Don't Think Twice, It's All Right" – Dylan
"Gloria" – Patti Smith
"Sea of Love" – Tom Waits

"Bold as Love" – Hendrix
"Oh! You Pretty Things" – Bowie

[eu]

Volto no fim da tarde para casa depois de ter jogado bola no colégio vizinho de casa. A entrada do prédio está uma confusão. Polícia, resgate, muitos moradores, um entra e sai sem fim. Chego um pouco assustado com a cena e meus pais vêm me abraçar com um sentimento de alívio. Eles não notam, ou simplesmente não se importam nesse dia, com o cheiro de maconha. Uma menina do décimo primeiro andar havia pulado da janela. O corpo caiu na quadra. Os órgãos explodem na hora do impacto e os tênis voam longe. Foi difícil encontrar o pé esquerdo. Ninguém pode ir até lá dar uma olhada. Um morador do primeiro andar chega acompanhado de um padre para conversar com a mãe. Eu não conhecia bem a menina. Treze anos talvez. Era muito fechada e havia se mudado fazia pouco tempo. No apartamento moravam ela, uma irmã três anos mais velha e a mãe. Alguém comenta que ela deixou um bilhete suicida, mas já esconderam da mãe. Ela não aguentaria ler aquilo.

Meu pai, na hora do jantar, me conta que ligaram no trabalho dele para que ele voltasse imediatamente para o prédio porque um jovem havia se matado. Por isso o alívio quando ele me viu chegando de bermuda, sem camiseta e tênis, vermelho de suor e com a típica tranquilidade que apenas um garoto de dezesseis anos da classe média paulistana pode exibir. Não me lembro o que jantamos naquela noite. Naquela noite estávamos felizes por sermos uma espécie de média da classe média, o padrão como pódio olímpico. Toda a banalidade do apartamento subitamente brilhando como ouro. Nosso apetite estava perfeito e valorizamos cada garfada de escondidinho. A mãe da garota suicida só conseguiu voltar a comer depois de um dia, uma semana, dez anos. Cada naco de alimento que com muita força a língua dela empurra em direção à garganta desce arranhando toda a parede do esôfago. E fica ali, aquele bolo apodrecendo, parado no estômago por semanas. A mãe está inchada. O corpo do suicida implode no momento do impacto. O caixão no velório estava fechado. Ninguém teria coragem de tocar naquela menina deformada pela queda de onze andares, trinta e seis metros e 3,7 segundos. Ela se arrependeu no meio do caminho.

[outono]
Lina?

benzina (*1858 cf. MS⁶*)

princ. | etim.

substantivo feminino QUÍM
1 Destilado tóxico de petróleo, volátil e inflamável, com faixa de ebulição de 35°C a 90°C. Usado comercialmente como combustível leve ou como solvente.
2 Também bastante utilizado como alucinógeno pela classe média brasileira. Entre os usuários, 3,5% deles relataram sensações semelhantes a Experiências de Quase Morte (EQM).

[chile]
No zoológico do Chile a Minha Filha fica com pena de um dos pinguins que na hora da alimentação nunca consegue pegar um peixe. Pai, não é verdade que neste nosso mundo não existe mais guerra, armas e violência?

Nunca mais terei permissão para voltar a Santiago. Não insista. A Zona contaminada pela radiação foi cercada e só poderá ser habitada novamente pelo Pai da Menina Morta em três mil e quinhentos anos.

[viagem]
Eu, meu vizinho e duas amigas estamos chapados. Toca Doors no som. Eu assumo a direção. É uma descida forte que termina em uma rotatória. O carro está rápido demais para fazer a curva. Tento contornar o obstáculo, mas bato em um muro com o carro já virado para cima. É a casa vizinha à dos meus avós. Ninguém se feriu. Minha avó sai de penhoar e toma um susto quando me vê. O neto estava magicamente ali na Lapa, mas também em L.A., pra lá de Teerã. Ela me leva para dentro de casa e não sai mais. O desastre fica trancado do lado de fora. Enquanto eu estava desmaiado, meu pai chegou e quis me matar, tentou estrangular os meus amigos, chamou o seguro, olhou o carro destruído mais de setenta vezes, ficou puto com a sogra, agradeceu a Deus porque ninguém se feriu, calculou quanto ia gastar com táxi nas próximas semanas, torceu por perda total, lamentou não ter trazido uma blusa, lembrou da noite em que o Lennon foi morto, viu um mendigo embrulhado em papelão cor de romã, riu consigo mesmo, sentiu vergonha do motorista do guincho, tentou engolir um comprimido para dor de cabeça e o gosto amargo embrulhou a língua, lamentou que a sua adolescência tenha passado tão rápido, cantarolou mentalmente uma canção do Roberto, morreu de sono. No dia seguinte minha avó me tratou como se eu fosse uma criança que não resistiu e pintou um pouco a parede enquanto foi deixada sozinha com folhas de papel e lápis de cor.

[2016]
Um batedor de carteiras é espancado no Rio de Janeiro por moradores da praia do Flamengo e amarrado pelo pescoço com uma corrente a um poste. Sangrando, pelado e desacordado. Com essa cena as pessoas começaram o dia em um sábado de sol na cidade mais bonita do mundo. Os

pelourinhos seguem funcionando no Brasil. Há pouco mais de cem anos, homens e mulheres elegantes em trajes muito quentes para um país tropical passavam indiferentes pelos corpos de escravos machucados espalhados pela rua. Ou faziam algum cálculo financeiro do prejuízo que aquilo causaria aos proprietários. Hoje, homens e mulheres em roupas esportivas e corpos trabalhados diariamente em aparelhos instalados pela prefeitura no calçadão passam satisfeitos com o castigo aplicado, mas com nojo da carne negra exposta em plena zona sul.

[1990]
Eu e o J., um amigo argentino, estamos tomando uma cerveja com uma menina com quem ele está saindo. É um bar em Copacabana. A mesa é quadrada e de madeira. Estou de frente para ele. Ela do meu lado direito e do lado esquerdo dele. Sinto um pé roçando a minha perna. Tomo um susto. Ela está impávida. Conversa normalmente. Ele também. Ela deve ter confundido a minha perna com a da cadeira. Afasto um pouco e o pé dela acompanha. Cruzo as pernas, deslocando a que estava mais próxima dela para cima da outra. Meu pé bate na cadeira que está vazia. O garçom olha. Ela se levanta para ir ao banheiro arrastando a cadeira de madeira no piso de cimento queimado. O J. olha. Eu também. Comento com ele o que está acontecendo. Ele sorri. Ela volta. Mais uma? Eles vão embora e eu fico, sem graça. Cruzo as pernas de forma que o pé encaixe na panturrilha da outra perna. É uma mania esquisita essa minha. Uma vez um amigo me disse que, se a gente se masturbar com a mão menos usada, parece que é outra pessoa que está nos tocando. Nunca experimentei.

[carnaval]
Gata em Teto de Zinco Quente.

[casa das crianças]
Não sei desde quando eu passei a ter vergonha de o meu pai me deixar na porta da escola todas as manhãs. Prefiro descer na esquina e caminhar meia quadra até o portão de entrada. Ninguém ia de ônibus. Essa cidade é perigosa. Não sei quando eu passei a ter ereções no caminho para a escola sentado ao lado do meu pai enquanto ouvia o rádio. Até os catorze anos todos usam uniforme. Uma calça que expõe a excitação até para quem não quer vê-la. Antes de descer do carro eu preciso, em dois ou três segundos no máximo, enfiar a mão dentro da cueca e fazer uma manobra para que ninguém note o que aconteceu no caminho. Prendo o pau duro no elástico da calça, cubro a área com a camiseta e desço. Tchau, pai. Digo isso já indo embora antes que alguém note que, como todos os outros alunos, é o meu pai quem me leva para a escola.

períneo (*1670 cf. AFLuz*)

| princ. | etim. |

substantivo masculino ANAT
1   Região que constitui a base do púbis, onde estão situados os órgãos genitais e o ânus.
2   Onde se inicia a respiração e todo o desejo. Anatomia do sentimento.

[quarta-feira]
Leio sobre uma árvore que nasceu em um local muito arriscado. Um barranco próximo ao rio. A árvore, pressentindo o perigo, cresceu se enrolando no tronco de uma outra já em terreno mais plano. Algumas pessoas consideram esse fenômeno uma prova de que as plantas têm inteligência.

[segunda-feira]
Parado na esquina da Teodoro com a Cardeal, noto que o machucado no meu cotovelo abriu de novo. Uma rachadura na casca. Passo o dedo e limpo no jeans. A fumaça dos ônibus do corredor gruda na ferida aberta. Aperto o sangue do cotovelo com a camiseta que rapidamente mancha de amarelo-rosa. O sinal continua vermelho. De onde eu tirei essa ideia? Como eu tive coragem? A senhora feia parada ao meu lado me olha com espanto e nojo enquanto afasta o carrinho de feira entupido de bananas de perto de mim. Eu olho para ela fixamente sem desgrudar a boca da ferida.

[1994]
Na casa do R. em Trindade cada um dormia onde dava. No sofá, na cama, em algum colchão rasgado no chão ou no carro. Me ajeito numa poltrona em um dos três quartos. Não sei quem estava na cama de casal ao lado. Transaram? Talvez. Apaguei. No dia seguinte a D. me contou rindo, enquanto mordia um sanduíche de queijo frio, que eu gritei durante a noite.

[lista]
De medos:
Formolização.
Miocardite.
Ninguém aparecer.
Enterrar a Minha Outra Filha.

[e-mail]
Missa de Sétimo Dia
De: Comunicados Escola da Minha Filha
Para: Respeitável Público
Data: 01/5/2016 15h27

A toda a comunidade da Escola da Minha Filha
A missa de sétimo dia da Nossa Querida Aluna será realizada amanhã e todos os dias até a extinção da espécie humana. Além da mulher barbada e do padre com sapatos marrons, todos vão poder tocar um pai em carne viva. Não percam!
Atenciosamente,
a Direção

[obituário]
Folha de S.Paulo > Cotidiano > Mortes
Paulo de Tharso (1960-2013)
GUSTAVO F.
16/5/2013 00h00

"O artista, que tinha cinquenta e dois anos, foi encontrado morto anteontem por seu pai no apartamento em que morava, na avenida São Luís, centro de São Paulo. A causa da morte ainda está sendo investigada."

[o quereres]
Quero ver. Talvez eu não mereça. Ou talvez já tenha sido mostrado e eu não acreditei. Esse seria o quadro mais desesperador.

++

Quero gozar. Talvez eu não mereça. Ou talvez já tenha sido oferecido e eu tive medo. Esse seria o quadro mais patético.

++

Quero ver corpos misturados com ferros retorcidos vítimas de um acidente. Eu preciso sair daqui de qualquer maneira.

[sábado]
Faz muito frio. Já passa da meia-noite. Tomo um banho quente. No banheiro visto uma camiseta branca e meias de lã cinza-chumbo. Esqueci de trazer para o banho o resto da roupa. Volto para o quarto e um golpe frio gela as minhas pernas. Contraio o períneo instintivamente. Eu sempre olho pela janela quando entro no quarto. O vidro está embaçado por causa do vapor da água quente que foi atraído do banheiro pelo frio do quarto. Minha respiração quente cria uma nova textura no vidro. Como se fosse possível marcar o que já está impresso pela mesma substância. Solto todo o peso do meu corpo numa área de três centímetros quadrados no centro da minha testa que adere ao vidro como se fossem feitos da mesma matéria. Forço um pouco mais. Se eu continuar, o vidro pode estourar. O momento exato quando o vidro explode dura menos de um segundo. Em um intervalo igual, e na sequência deste último, minha cabeça atinge a tela de cordas de náilon. Com criança tudo acontece muito rápido. É preciso sempre estar atento. Sinto o sangue morno descendo das têmporas e escorrendo até o peito de onde pinga no chão e começa a molhar minhas meias. As cordas da tela machucam os cortes feitos pela explosão do vidro. Forço ainda mais. Meu corpo vai sendo tragado pelo losango vazio de seis centímetros de lado e delimitado por náilon branco já sujo pela poluição de São Paulo. O prédio não tem mais doze andares. Tem cinquenta e sete. Tem cento e trinta e dois. É um precipício. A onda é puxada pelo mar, formando um tapete de pedras arredondadas e cheiro de incenso. É bonito de ver. Meu corpo está fino e já não se distinguem as partes e os órgãos depois que atravessam o buraco rumo ao mar. Antes de bater no chão, a massa informe de tecidos, secreções e ossos triturados vai flutuar por dois segundos a dez centímetros do solo para em seguida se deixar levar pela próxima onda. Entre duas pedras sobrou um pedaço de unha. E cinzas de toras queimadas.

[miami]

O quarto tem duas camas de solteiro dispostas lado a lado. Ao lado de uma tem a porta do quarto e ao lado da outra, a janela. As irmãs dormem ali. Lado a lado. Uma de quinze anos e outra de doze. A decoração obedece ao gosto da de quinze. Móveis brancos e algumas lembranças da viagem à Disney. Na cama da direita o edredom é rosa com padrões abstratos creme. Na cama da esquerda o edredom é creme com listras vinho. Hoje em dia todo mundo tem edredom. Serve como colcha. É prático. Já é noite. Dá para ouvir o barulho da televisão na sala. Você decide. Os pais se separaram. Parece que a mãe tem bebido mais de duas doses de bebida alcoólica por noite. De acordo com os padrões do Ministério da Saúde, ela deveria buscar ajuda. Isso passa. Estou na cama com a de quinze. Eu tenho catorze. Na cama ao lado está o namorado da de quinze. Ele tem dezessete. Com ele está a de dezesseis, que não mora no apartamento 3-C. A de quinze desafia a de dezesseis a beijar o namorado dela, de dezessete. Eles se beijam por sete segundos e meio. Acho que ela fez isso para poder me beijar, eu, o de catorze. Eu nunca beijei por mais de 0,8 segundo. E na bochecha. Ela me beija por quatro segundos e um terço, aproximadamente. Durante os dois segundos e meio iniciais, tomei um susto. A língua da de quinze girando dentro da minha boca. No dia seguinte o de dezessete me falou que a de quinze imitou o meu beijo na boca dele. E que eu era muito afobado. Uma semana depois o de dezessete foi viajar com os pais. Desci no 3-C e beijei a de quinze por quarenta e sete minutos e trinta e dois segundos. Deu para ouvir o lado A inteiro do disco do Police. A de quinze falou que eu beijava bem. Eu sou muito afobado? Ela disse que não. Que tava tudo certo. Mas ela não tinha conseguido relaxar. A mãe dela tem bebido muito. Vai morrer de cirrose como a avó do pai.

[mao tsé-tung]

O Grande Líder da China certo dia acreditou que bastava imprimir infinitas cópias da bíblia de capa vermelha escrita por ele que toda aquela chinesada iria se comportar exatamente da maneira que a revolução havia previsto. Claro que não deu certo. Se duas pessoas vivendo um casamento de mais de vinte anos dificilmente chegam a um acordo pleno a respeito de um determinado assunto (muitas vezes elas apenas fingem chegar), imagine mais de quinhentos milhões de habitantes. Quando o Deus Mao se deu conta disso, ele decidiu que teria que matar, na porrada ou de fome, quem não topasse seguir o seu plano.

No dia 24 de dezembro de 1996, eu e o J. não encontrávamos de jeito nenhum um lugar minimamente animado para passar a noite de Natal em Pequim. No livrinho vermelho estava escrito alguma coisa sobre o Cristo não ser exatamente um revolucionário e que não se podia confiar naquela gente. Descobrimos um bar-lanchonete de uma cadeia norte-americana e parecia que todos os gringos da China estavam festejando ali. As paredes eram decoradas com instrumentos de roqueiros famosos que os chineses certamente não conheciam. Havia também umas garotas locais de uns vinte e poucos anos bem bonitinhas. Mas, se não bastasse a barreira da língua, os códigos não verbais também eram outros. Mesmo bêbados, não conseguimos propor para elas uma suruba no hotel. Provavelmente esse tipo de sacanagem estava proibido no livro do Comandante Mao.

No dia seguinte fomos ver o Canalha Mao em seu mausoléu na praça da Paz. Havia uma fila enorme de camponeses vestidos com aqueles casacões já sem memória de qualquer cor. Mas o J. insistia que precisávamos aguentar firme para fazer aquela visita histórica ao Assassino Mao. Minha cabeça latejava. A língua grossa na boca tentava sem sucesso se livrar do excesso de saliva. Toda aquela bebida colorida ingerida na noite anterior em uma mesa bem embaixo da guitarra do T-Bone Walker enquadrada em uma moldura dourada parecia que ia explodir a qualquer instante em um jato verde-marrom.

Os mortos sempre me pareceram miniaturas de humanos. E lá estava ele, o Filho De Uma Puta Mao, com um sorrisinho irônico na cara e as bochechas coradas, dentro de um aquário sem água. O corpo havia sido cuidadosamente preparado. Os órgãos foram retirados e os líquidos todos substituídos por formol. O J. insiste que o nome correto da técnica é formolizar e não embalsamar. Eu já não discuto. Se eu abrir a boca mais uma vez. Eu só penso o que aqueles camponeses felizes por não estarem entre os milhões de mortos do caderninho vermelho do Morto Mao fariam se eu vomitasse nele. Se eu lavasse a praça da Paz com os restos de bebida chinesa, hambúrguer e formol que nunca mais parariam de sair do meu corpo. A massa pútrida de todos os mortos na Revolução Cultural que não puderam comemorar o Natal para que hoje um bando de mafiosos de olhos puxados enchessem o cu de dinheiro e todas as praças de alimentação do mundo com canudinhos e copos plásticos fabricados em Shanghai por chineses escravizados por chineses que se deram bem com a morte de todas as pessoas que ainda acreditavam no amor, na poesia, na preguiça e na vagabundagem, todos os bêbados, sacanas, solitários e sonhadores.

Na saída do mausoléu, uma imagem vermelha da noite anterior brilha na minha mente. Eu não consigo mais segurar.

++

Boca. Boca. Língua. Pau. Pau. Mão. Boca. Pau. Cu. Foder Fundir Dor Prazer. Pau. Cu. Pau. Boca. Boca. Cu. Mão. Língua.

Pau. Pau. Pau. Gozo. Boca. Mão. Língua. Boca. Cu. Pau. Mão. Suor. Gozo. Suor. Cu. Boca. Outro Corpo Mesmo Corpo. Língua. Pau. Suor. Suor. Cheiro. Cu. Boca. Língua. Pau. Pau. Pau. Cu. Cu. Boca. Gozo. Língua. Pau. Gozo. Cu. Mão. Língua. Pau. Pau. Gozo. Porra. Cu. Pau. Gozo. Boca. Língua. Pau. Pau. Pau. Gozo. Cu. Pau. Desaparecer No Outro Infinito.

[1986]

[quarta-feira]
Passo caminhando pela igreja vizinha à casa dos meus pais. Ela é bem simples. Olho de relance o degrau de pedra que separa a calçada da grande porta de madeira. Choveu fino há poucos minutos. O degrau está brilhando. Paro. Sento ali e finjo que estou vendo as mensagens no celular. Minha vontade é deixar meu corpo cair lentamente. Me encolher até a posição fetal e cobrir o rosto com as duas mãos. Esquecer do trabalho, dos meus pais, da Lina e da Minha Outra Filha. Esquecer do tempo, do Dylan, da yoga e de me alimentar. Ficar nessa posição por um dia inteiro. Um ano. Permanecer deitado

imóvel na porta da igreja por sessenta e cinco anos. Até toda a água do corpo secar, os ossos se esfacelarem pouco a pouco e a pele ganhar uma textura de folha seca e podre. O coração vai bater apenas uma vez a cada cinco dias. É o suficiente para fazer as cinco gotas de sangue restantes percorrerem todo o sistema circulatório para então retornarem ao músculo cardíaco. Quando finalmente o coração compreender que sua função já não é mais útil, ele por iniciativa própria vai decidir parar. A freira vai chamar uma ambulância e um médico socorrista vai colocar as mãos no meu peito para iniciar a massagem cardíaca, nesse momento as mãos fortes do médico socorrista vão atravessar o meu corpo e bater bruscamente na textura áspera e gelada do degrau. Confuso e assustado, ele nunca viu isso, com os ombros doendo por causa do impacto, ele vai olhar para o colega e para a freira que assistem naquele mesmo instante meu corpo virando pó e sendo espalhado no ar pelo escapamento de uma kombi recém-ligada que solta sua fumaça na direção daquilo que um dia já foi um homem. A consciência a essa altura está dançando pela aurora boreal. Livre. Jamais lembrando daquilo que um dia chamou de humano.

[1992]
Tá ligado?
Pode crê.
Cê vai colá?
Se pá.
Demorô, véio.
Tá pegando a Ju?
Vixi.
Mais uma?
Demorô.
Véio, tem dez conto?
Vixi.

[whatsapp]
Querido, o pessoal da editora adorou a amostra que você mandou. Mas eles querem mais. Mais verdade. Mais benzina. Mais sangue. Eles querem as suas vísceras. Beijinho.

[hoje]
Como a Minha Outra Filha vai ser quando estiver com quarenta anos? Ela vai ter a saúde perfeita? Já vai ter se casado? Pela segunda vez? Filhos? Quantos? Quantas vezes por semana ela pensa na irmã? Ela ainda se lembra que teve uma irmã? O prato dela é colorido? Ela come beterraba só para ver o xixi sair vermelho? Ela também vai perder um filho? Eu ainda vou estar vivo quando isso acontecer? O que eu vou falar para ela? O marido dela vai gostar que eu vá morar na casa deles por quatro anos? O cachorro dela vai rosnar para mim porque eu vou dormir no tapetinho dele na área de serviço? Será que o porteiro do prédio deles vai achar ruim o meu cheiro depois de trinta e cinco meses sem me lavar? A Minha Outra Filha vai gostar de ver o pai dela ali todos os dias crescendo enrolado no tronco de uma árvore plantada em um terreno plano e seguro? Com quantos anos a Minha Outra Filha vai morrer?

[2016-2017]
Conte comigo. Um imenso abraço. Estou sem palavras. Todo o amor para você. Meu Deus! Me diga se posso ajudar em algo. Estarei sempre ao seu lado. Fé, muita fé. Foi antinatural. Sinto muito. Muito. Muito. Sinto muitíssimo. Meu caro. Que coisa. Ah, não. Não. Não. Não. Agradeça a Deus. É a vida. É o jeito. Não. Meu Deus. Não consigo. A sua cara. O seu corpo. Tá magro. Coitado. Coitado. Coitado. E os seus pais? E a sua outra filha? E a Lina? E a sua outra filha? E a sua outra filha? Não sei o que dizer. Quando virar tristeza, vai ser melhor. É, eu sei. Não, não faz sentido. Tive que tomar antidepressivo.

Estou há sete dias sem dormir. Não, claro. A sua dor é maior. Eu nem posso imaginar. E agora? Ah, tá. Terapia? Psicanálise? Antidepressivo? Estimulante? Sonífero? Chá? Preto? Verde? Leite quente. E a sua outra filha? Ah. Meu Deus. Já? Parece que foi ontem. Sua cara tá boa. Sim, eu sei. Essa dor não some nunca. Você é forte. Forte. Forte. Você é. Você se fodeu. Não saberia dizer. Não dá pra comparar. É. Oito anos? Jura? Ah, eu não sabia. Sinto. Muito. Muito. Muito. É, a gente sabe. Muita admiração. Coitado. É pra sempre. Ah, sim. Meu Deus. Só? Tudo isso? Não acredito? É. Não dá. Claro. Sim, eu sei. Não, tudo bem. Pois é. Vamos indo. Sim, indo. A vida é curta. Muito. Um dia a gente entende. Sim, claro. Missa de um ano? Acho que não. Obrigado. Obrigado. Ah, sim. Valeu. Sim, sim. Respirando. Claro. Vamos indo. É, a vida é uma luta. Claro. Sinto. Sempre. Não tem jeito. Né? Bom, a gente se vê. Claro, vou sim. É. Agora já tá marcado. O primeiro ano é o pior. Sempre. Primeiro ano. Datas. Datas. Datas. É, melhora um pouco. Ah, todo dia. Sim, o dia inteiro. Praticamente. Pois é. Fé, né? O quê? Não sei. Vou levando. Um dia de cada vez. É o jeito. Sim. Saudades. Saudades. Você se fodeu. Muito. Amor. Todo o amor. Tudo amor. Felicidade. A maior felicidade. Um amor maior que tudo. Sim. Fodeu. Amor.

[eu]
No dia em que a Minha Filha morreu, a caçula estava com quatro anos. Ela está viva hoje. Quando eu estava com oito anos, alguns meninos e meninas do prédio onde eu morava me seguraram e passaram batom e pó no meu rosto. Eu voltei para casa e me lavei. Sem chorar. No dia seguinte tentaram fazer o mesmo com outro garoto de oito anos. Ele reagiu energicamente com chutes e socos e escapou. Nunca mais tentaram nada contra ele. Eu ainda fui maquiado mais duas ou três vezes até que os meus pais deram um basta na brincadeira. Hoje

eu me pergunto se eu teria sido capaz de reagir como o meu amigo. Ou se de alguma forma eu cedia ao jogo.

Eu conheci o gosto do batom e o cheiro da maquiagem antes de beijar uma mulher.

[outono]
O bonsai de araçá azul dorme ao meu lado na cama de casal. Foi presente da Lina. Veio do México embrulhado em um papel de seda cor de romã. No bilhete estava escrito apenas "Berro por seu berro".

[domingo no parque]
O Gil também perdeu um filho já adulto em um acidente de carro. Não deu tempo de a avó sair à rua de penhoar para cuidar do neto. O Gil decidiu formolizar o corpo do rapaz. Ele tocava bateria em uma banda.

[quinta-feira]
A igreja está lotada. Chego, sento, levanto e vou atrás de água. Minha presença ali é a de um espião que finalmente revela sua identidade ao inimigo por não suportar mais a pressão da vida dupla. Eu choro no colo do algoz mesmo sabendo que em alguns minutos a tortura será iniciada e comandada por ele. Mas o que querem de mim? Nem tudo faz sentido. A Lina se mantém tão imóvel quanto as estátuas de santos que decoram o interior da igreja. Uma lágrima grossa não desliza pelo rosto, fica parada no canto do olho, crescendo, até afogá-la fora do útero de *su mama*.

A missa é para a Minha Filha e também para celebrar as bodas de um casal, que vai até o padre receber uma bênção ou algo assim. Eles não se abalam por dividir a celebração com um momento tão triste. O padre fala sobre a inteireza da vida ali representada. Ele usa sapatos marrons já gastos que quebram o encantamento produzido pela batina branca. Parecem confortáveis. Ele está confiante que não vão machucar o seu dedinho do pé esquerdo. Quando voltar para casa, ele vai se sentar na privada, cruzar uma perna de cada vez para tirar os sapatos e chorar como uma criancinha que se perdeu dos pais na seção de esportes de uma loja de departamentos mal iluminada do interior do país em um fim de tarde de domingo. Naquela noite sessenta e sete pessoas não vão conseguir jantar ou dormir. Nós decidimos que não seremos uma família triste. De onde eu tirei essa autoridade? Ninguém sabe. Você é um impostor. Nunca se esqueça disso. Um mês depois, treze mulheres, quatro homens e cinco crianças ainda vão sofrer de insônia. Um ano depois não haverá uma nova missa. Minha identidade foi revelada. Não se engana o inimigo duas vezes.

[AA]
O filhinho do Eric Clapton caiu da janela do prédio onde ele morava. Nova York, acho. Ele não teve coragem de descer para ver o corpo. Ninguém foi buscar um padre para falar com ele. Ninguém precisou esconder o bilhete suicida. O Clapton não engordou. Ele não voltou a beber. Por enquanto. Ele se preocupa se o filho dele o reconhecerá no paraíso. Ele chora todas as manhãs antes de ler a cartilha com os doze passos do AA e enfrentar mais um dia. Ele começou a sentir dores nas mãos. Vai parar de tocar guitarra. Uma pena. Vai voltar a beber. Vai se separar da mulher. Só não vai bater nela porque a dor nas mãos é insuportável. Vai quebrar a casa inteira. Vai chutar a televisão, as cadeiras, a porta do banheiro e a Fender Stratocaster usada na primeira gravação de "Layla". Vai mandar instalar uma tela dupla no apartamento só para garantir que ele não pule atrás do filho em uma noite fria e triste de Natal.

[nascimento]
Parabéns a vocês todos. Só nos resta ficar com inveja de quem terá vinte e poucos anos em 2030. Beijos, G.

++

Que a vinda dela eternize nossa felicidade e ajude a construir um mundo melhor. Beijos, V. e V.

++

Querida, que o teu caminho seja florido e feliz, cheio de emoções boas. H., R., D. e D.

[lista]
Do supermercado:
Leite, 6 garrafas
Torrada Wickbold integral
Água Prata com gás, 3 garrafas se estiver por menos de R$ 1,99
Ficar firme
Cream cheese light
Abacate, tomate, cebola, coentro (para guacamole)
Cerveja Heineken, 1 fardo de 6 + 1 garrafa
Queijo para o café da manhã
Café solúvel
Não chorar
Sucrilhos, 1 caixa com açúcar e 1 sem
Iogurte, 3 desnatados e 3 integrais
Mel
Geleia de frutas do bosque
Farinha para tapioca
Cuidar da Minha Outra Filha
Rúcula

Pensar na Minha Filha a cada cinco minutos
1 filé de salmão de 300 g
Limão
1 cabeça de alho
2 batatas
Alecrim tem em casa
1 cacho de banana-prata, não muito madura
Bolacha Maisena
Azeite
Pimenta calabresa
Etcétera
Ouvir "Pale Blue Eyes" do Lou Reed na versão ao vivo em Londres
Omo, Comfort, Vanish, sapólio, sabão líquido para roupas delicadas
Nota fiscal paulista, crédito, carro no estacionamento
Morrer hoje à noite
Elas conseguem sem mim
Obrigado pela preferência

[domingo]
Acordo assustado. Ainda é noite. Me viro e estico o braço na direção do criado-mudo, que na verdade é um antigo porta-pinico. Não tem cheiro da urina dos antigos donos. Pego o celular. A luz com a imagem do planeta Terra fere meus olhos. Não há novas mensagens. 03h52. Não sonhei com a Minha Filha. "Eu estive diante de uma dúzia de oceanos mortos." Não sonhei com a Laura Palmer. "Eu vi um recém-nascido cercado de lobos selvagens." Não sonhei com a Lina. "Ouvi uma pessoa morrer de fome, ouvi muita gente rindo." Não sonhei com a Terapeuta Budista. "Eu vi uma escada branca toda coberta de água." Não sonhei com os meus pais. "Eu caí pela encosta de doze montanhas cobertas de névoa." Não sonhei

com rostos. "Onde negra é a cor, onde nada é o número." Eu sonhei. Eu perdia um filho. "Oh, where have you been, my blue-eyed son?"

[carnaval]
Quando ele beijou a Professora de Yoga pela primeira vez, a aliança caiu da mão direita dela e flutuou sobre o mat cinza-chumbo sem nunca tocar o solo. Gravidade zero.

[sábado]
As pessoas gostam de contemplar os sobreviventes. Na verdade é desagradável, mas irresistível, olhar a carne exposta, os chumaços de cabelo queimados, os membros decepados. A queda do avião matou toda a tripulação. Apenas sete passageiros sobreviveram. Eu recebi alta do hospital depois de um ano ligado a aparelhos. Se o médico que auscultou meu coração tivesse prestado mais atenção no ritmo sincopado da batida, teria percebido que o músculo encharcado de sangue queria parar. Chega. Terminou o último desfile e agora só restaram os garis empurrando com suas grandes vassouras os restos do Carnaval. O lixo do Carnaval. Depois do jantar, quando o casal amigo retorna para o amplo apartamento com vista para o Malecón e se abraça antes de escovar os dentes na porta do banheiro da suíte, e sem que seja necessário falar nada, esse abraço diz que a vida não é tão ruim assim, que eles têm sorte, e que afinal, não vale a pena perder o sono pensando no aumento de 5,7% no carnê do financiamento da casa da caçula deles que vai casar em um mês.

As pessoas gostam de assistir a filmes de veteranos de guerra pelos mesmos motivos. Quando acaba a sessão, dá vontade de chorar, mas depois de quinze minutos, na fila para o pão de queijo com café, parece que tudo está no seu devido lugar. Eu me tornei esse filme de guerra. Não me importo. Desde que não exibam minha cabeça cortada na porta da Catedral da Sé, desde que não deixem os viciados da cracolândia jogarem futebol com ela, desde que ninguém pule atrás de mim do penhasco de doze andares, tudo bem. Não me importo.

[homem velho]
Brota sangue da narina esquerda do Homem Velho.
O jornaleiro conduz o Homem Velho pelo braço até a banca.
Não há papel higiênico à venda na banca. Por que não há banheiros em bancas de jornais?, pensa o jornaleiro.
Ele hesita alguns segundos, mas acaba rasgando a capa da *Folha*. Ele o faz cirurgicamente, com todo o cuidado para não cortar a manchete "Neymar sonegou 35 milhões de euros".
O jornaleiro dobra o papel rasgado em quatro, coloca na mão direita do Homem Velho e a conduz até a narina esquerda.
Chove forte.
O pedaço de jornal fica encharcado de sangue. O cheiro de sangue e jornal e umidade que sobe da calçada da avenida Paulista embrulha o estômago do Homem Velho.
Papai?, diz uma Mulher Quase Velha.
O Homem Velho não reconhece a Mulher Quase Velha como sua filha.
A imagem de uma menina de oito anos brilha prateada numa tempestade de relâmpagos em sua mente. Papai. Dura menos de um segundo.
A mulher agradece ao jornaleiro e se oferece para pagar o jornal. Ele aceita. E o jornal? Pode jogar no lixo, por favor.
O Homem Velho está absorto mirando o chão da metrópole. A filha se impacienta. Ela não sabe que ele está investigando do que é feita a sujeira que o vento faz rodopiar em uma calçada poluída de São Paulo.
Ele olha cada folha seca, uma mistura de pelos de cachorro com cabelos de gente que se unem numa gosma misteriosa, um

pedaço de plástico azul da ponta de uns óculos 3D, caquinhos verdes e brilhantes de uma garrafa de cerveja quebrada, metade de um ioiô sem barbante, o rabo de um quati, uma mistura de sangue com algo que estava vivo há apenas três segundos, ressentimento, ódio, um confete de cor sem cor do Carnaval de 1976.

Vamos, pai!

A filha precisa sacar dinheiro no banco. Pede ao pai que não se mova. Antes limpa o sangue que liga o nariz dele à boca com o punho da própria camisa.

Ele inspira o ar frio e expira vapor quente e branco. Acha graça. Decide controlar a respiração. Não é fácil botar ordem na própria casa, pensa o Homem Velho.

O bonequinho fica verde e vermelho repetidas vezes.

A dança dos carros que chegam, param e partem é incompreensível. Ele leva a mão ao nariz. Ele costumava andar com um lenço no bolso. Está vazio.

O hálito do Homem Velho é igual ao de uma criança gripada tomando antibióticos.

A Mulher Quase Velha o pega novamente pelo braço e eles atravessam a rua se equilibrando na ponte branca pintada no chão.

Pelo visto a Mulher Quase Velha que diz ser sua filha não tem medo de se afogar. As crianças devem aprender a nadar em primeiro lugar. Depois podem escolher qualquer outro esporte.

Cabeça, ombro, perna e pé. Perna e pé.

A filha pensa que esses passeios com o pai estão ficando cada vez mais difíceis. Talvez fosse melhor.

[hoje]
O que a Minha Filha vai pensar quando ler este livro?

++

O pai da Lina morreu com setenta e três anos. Era moço. Nascido e criado em Cuba. Eu não cheguei a conhecer meu sogro. Ele nunca pisou nos Estados Unidos.

++

Um sol marrom.

++

For-mo-li-za-ção

[carnaval]
Na prática de yoga ela imaginou uma cena de filme.
"Começa com um close da Professora de Yoga sobre ele. Ele deitado, ela sentada, as pernas dobradas para trás, a câmera se aproxima e é possível ver muito nitidamente quando os pelos deles se misturam. Ela mexe o quadril para cima e para baixo e sutilmente para a frente e para trás e abaixa a cabeça para ver o encaixe do pau na vagina. Ela está de costas para ele? Não, de frente, eles se olham nos olhos. Ele tem um jeito de olhar que a excita, mas às vezes se distrai com o balanço dos peitos dela.
Toca o sino.
Enquadramento fechado nela sentada em lótus no tapete. Mat – com tecnologia especial de absorção de secreções."

[segunda-feira]
O dia inteiro minha língua procurou o segundo molar inferior do lado direito. Para ela, havia algo ali que precisava ser removido. Meu cérebro informava insistentemente que era um pedaço minúsculo e salgado de castanha de caju. Minha língua não foi capaz de realizar o que o cérebro exigia. Em casa me aproximei do espelho com a boca aberta e, forçando meus

dois globos oculares o máximo possível para baixo, enxerguei um ponto preto-cinza na planície branca do molar. Há dezesseis anos meu pai pagou para que eu trocasse as velhas obturações de amálgama por essas de cerâmica. Hoje o pessoal prefere tudo clean. Se o Bo Diddley tivesse trocado as obturações de ouro por cerâmica, ele nunca mais teria aberto a boca para cantar. Fecho a boca e abro a terceira gaveta do gabinete. Alguma coisa pontuda. Antes tento fazer uma escovação vigorosa. Olho novamente no espelho e o ponto preto-marrom continua lá. Pego da gaveta uma tesourinha de unha que é usada normalmente para cortar algum fio rebelde da sobrancelha. Para as unhas é melhor o trim. Passo na água e volto à posição inicial com a boca aberta. Quando a tesoura toca o ponto marrom-amarelo, sinto aquele choque de cadeira de dentista. Desvio o olhar para a bochecha e vejo alguns poros abertos, marcas da puberdade. Eu nunca me olho no espelho quando estou com os óculos. Um vídeo no YouTube explicou que os espíritos amigos se reconhecem depois da morte porque a aparência que tinham na Terra é mantida. Eu e minha mãe fomos a todos os dermatologistas da cidade quando eu era adolescente. Tem que cortar o chocolate, a Coca-Cola, alimentos gordurosos, e maneirar na masturbação. Eu nunca consegui maneirar na Coca-Cola. Ergo um pouco mais o olhar e encaro fixamente os meus próprios olhos. Vejo o meu rosto morto. O rosto de um morto. Essa vai ser a minha cara no caixão. A mesma cara quando eu estiver flutuando na aurora boreal. A Minha Filha nunca teve cárie nem espinhas. O dentista passou nos molares definitivos dela um selante da Dentsply sem polímero. Na aurora boreal, o Bo Diddley vai sorrir em êxtase exibindo as suas lindas obturações douradas.

[outono]
Lina Balbuena
Avenida Escuinapa, 873

Coyoacán, México DF
(Docs. do divórcio para assinatura)

++

CORREIOS: DEVOLUÇÃO. RECUSADO.

[silêncio]
Vem me buscar.
Vem me.
Vem.

[AA]
Um amigo de infância entrega para o Clapton uma cartilha do AA. O amigo era contador de uma firma média, e alcoólatra. A capa é azul-clara e está escrito em letras verdes e desenhadas *12-Step Recovery Program*. Tem a ilustração de uma árvore infantil. O Clapton fica puto, mas em todo caso guarda a brochura no bolso do casaco de couro preto descascado. Na capa do seu último álbum tem a foto de uma casa com uma palmeira torta na frente e ele ali parado quase virando uma textura junto das janelas escuras da construção branca. Os pés estão apoiados na palmeira. O céu é branco também. O Clapton sempre quis tocar guitarra como os velhos negros americanos do blues. O álbum se chama *461 Ocean Boulevard*. Em casa ele abre o material do AA e lê o primeiro passo: *We admitted we were powerless over alcohol – that our lives had become unmanageable.* Ele se lembra do muro onde alguém pichou CLAPTON IS GOD. Ele vira um uísque, liga a guitarra e toca um solo à la Robert Johnson com a sua Fender Stratocaster vermelha usada na primeira gravação de "I Feel Free". O Clapton vai começar a frequentar o AA depois que o filho dele nascer. Londres. Acho. Viva um dia de cada vez.

[site]
<html lang="pt-br"><head>
<meta property="og:title" content="Vamos falar sobre o luto"/><meta property="og:type" content="article"/>
<meta property="og:image" content="http://vamosfalarsobreoluto.com.br/app/themes/vfsl/dist/images/share-image.jpg"/><meta property="og:description" content="Este projeto é um convite para quebrar o tabu. Um canal de inspiração e de informação para quem vive o luto e para quem deseja ajudar."/>

++

Sair.
Google: "Mapa astral + L.A."

[lista]
De quem viveu mais de noventa anos:
Kirk Douglas
Mel Brooks
Jerry Lewis
Doris Day
Niemeyer
A mãe da L.
Os pais do E.
Matusalém (de acordo com a Bíblia ele viveu até os 969 anos)

++

O E. vive falando que viver muito é um conto do vigário. Ele está com setenta e nove anos. Ele é ateu e frequenta um centro budista em Cartagena para fazer companhia à mulher. Ele gostou quando o monge ensinou que a raiva só é ruim para quem sente. Ele ainda tem raiva de tucanos e pombas. Ele também se irrita de vez em quando com as certezas dos monges. O E. perdeu um irmão ainda jovem. Assistir TV, na época, parece que ajudou. Ele deu uma festa de aniversário para comemorar os setenta anos em um restaurante lá perto da casa dele. A Minha Filha chorou no caminho porque o xixi estava escapando e ela já não usava mais fralda. Tem gente que nunca limparia a bunda de um velho.

[hoje]
Para
onde
vai
aquilo
que
evapora?

[minhafilha.doc]
Salvar
Salvar como?
Fechar

[terceira pessoa do singular. feminino. cena 1: amanhece. masturbação. não]
Ela está deitada sozinha na cama. Amanhece. Ela vive sozinha? Não. A cama é de casal. O marido foi cedinho malhar. A luz entra no quarto filtrada por uma cortina laranja. Ela sempre deixa uma fresta da veneziana para despertar conforme o dia se apresenta. Ela está acordada. Mas não se levanta. A garganta está seca e os lábios colados. Ela percebe que a calcinha está molhando lentamente. Ela se assusta? Não, ela gosta. Ela confere com a mão direita. Ela coloca dois dedos dentro da calcinha e começa a tocar suavemente o clitóris. Os lábios se desgrudam. Ela ouve um barulho na sala. Retira rapidamente

a mão da vagina. Como uma criança pega roubando brigadeiro antes do parabéns, ela ruboriza. Ela precisa dar o dinheiro da feira para a empregada. Ela precisa verificar se a filha fez a lição de casa. Ela precisa mandar um WhatsApp para o marido dizendo "Bom dia, meu amor <3" Ela gozou? Ela não precisa gozar. Ela está envergonhada por ter pensado numa coisa dessas em plena segunda-feira. Onde ela estava com a cabeça? Isso mesmo. O marido chega em casa. Ela já está na cozinha tomando café com leite apoiada na pia. Ela está de camiseta e calcinha. Seca. Por um instante ela pensa em desistir das aulas de escrita criativa e da viagem de fim de ano ao Marrocos.

[segunda-feira. 15h52]
O Seu Corrente atende em um sobrado no bairro do Limão. Não encontro a campainha. Sem graça, bato palmas. Uma mulher de uns cinquenta anos abre a porta e fala entra. Subo um lance de escada. Os degraus um dia já foram cobertos de ardósia. Ela usa um vestido simples que poderia ter sido da minha avó. Os cabelos estão levemente bagunçados. Cumprimento apertando a mão. O aperto é firme. Ela tem o perfume de quem acabou de sair do banho e não usa perfumes. Ela pede para o neto ir para o quarto. Ele reclama. Está deitado no tapete da sala assistindo a um filme antigo para ele, mas novo para mim. Ela insiste e ele cede. Nos sentamos em volta de uma mesa redonda e pequena. No centro tem um apoio de crochê que da parte mais externa até o centro vai do vermelho ao amarelo, passando pelo laranja e pelo ocre. É impossível não se distrair enfiando os dedos nos buracos. Conto sobre a Minha Filha. Agora quem fala já é o Seu Corrente. Não é mais a Cláudia. Isso, Cláudia é o nome dela. Os olhos estão vidrados e um sorriso que mistura sabedoria com malícia não lhe sai mais do rosto. O Seu Corrente me explica que, quando uma criança desencarna (ele não fala morrer, ele fala desencarnar), é porque havia

faltado cumprir apenas um tiquinho de tempo da última encarnação. Eu gosto que ele fale em desencarnar e tiquinho. Faço uma pergunta e me arrependo em seguida. Ela cometeu suicídio na última encarnação? Sim, ele confirma como se estivesse afirmando que o Brasil ganhou a Copa de 70. Ela teve que voltar para resgatar os oito anos que havia faltado. Nesse momento eu seria capaz de me matar também. Ele percebe. O Seu Corrente fala que não devemos sofrer pelo passado. Mas onde fica esse passado antes do tempo do calendário, antes do berro e do útero? É preciso olhar para a frente. Ele sorri. A sua filha está tão bem! Se você pudesse entender. A imagem do suicídio é muito forte. Quero ir embora. Me levanto e agradeço. Tem conta no Itaú? Que bom. Fica mais fácil. Já na rua acho o Limão horrível. Uma casa mais feia que a outra. Deve ser o lugar mais poluído do mundo. Estou coberto de fuligem. Todo o meu aparelho digestivo está entupido de migalhas de pão que foram jogadas para os pombos e nem aqueles bichos imundos quiseram comer. Há muitos pombos no Limão. As migalhas estão misturadas na sujeira empapada de mijo humano. Tento organizar o que acabei de ouvir segundo a lógica do Seu Corrente. Não, a Minha Filha nunca cometeu suicídio. O Seu Corrente está enganado. A Minha Filha não faria isso. A Terapeuta Budista garantiu que ela é pura energia dançando na aurora boreal. Não posso me esquecer de pagar o Seu Corrente. Não posso me esquecer de esquecer o Seu Corrente.

++

"I believe that the purpose of death is the release of love."

++

"Things always seem to end before they start."

[2007-2016]
Uma blusa ou duas? Hoje precisa de gorro? Não pisa no gelado. Veste uma camiseta, você acabou de sair do banho quente. Vem aqui, eu troco o Band-Aid. Melhorou? É, tem que tomar, não tem jeito. Sorvete vai precisar esperar um pouco. A inalação vai te ajudar. Banho morno, filha. Febre. Sim, dá para ir à escola. A garganta tá raspando? A cabeça doendo? O All-Star machucou o calcanhar? Xi, o curativo grudou. Devagar ou de uma vez? Só um pouquinho. É uma chatice mesmo. Mas vai dar tudo certo. Paciência, filha.

Confia em mim.

++

37,8º
37,4º
38,2º
36,9º
37,5º
37,6º
36,4º
37,9º
38,4º
38,6º
39,1º
37,8º
37,4º
37,9º
36,8º
37,8º
37,4º
38,2º
37,5º

37,6°
36,4°
37,9°
38,4°
38,6°
39,1°
37,8°
37,4°
37,9°
36,8°
37,8°
37,4°
38,2°
36,9°
37,5°
37,6°
36,4°
37,9°
38,4°
39,1°
37,8°
37,4°
37,9°
36,8°

++

0°

[face]
Buscar: J. H.
Inbox:
Oi.

Estou querendo saber mais sobre mapa astral.
Estou escrevendo um romance.
Estou planejando um crime.
Beijo.

[hoje]
Depois de tomar um café com a T., uma amiga psicanalista, a gente se abraça e já indo embora ela me lembra de não alimentar o pensamento daquilo que faria nos próximos anos se a Minha Filha estivesse viva. Ela me fala isso como quem lembra o filho adolescente de nunca beber e dirigir. É muito perigoso. Assim que você informa o próprio cérebro de que não pode pensar na cor vermelha, mais do que sempre ele te entregará pensamentos vermelhos. Não deu tempo de levar a Minha Filha para Paris, para as praias do Nordeste, para mergulhar em Bonito. Não deu tempo de tomar com ela um copo de cerveja e uma taça de vinho. Não deu tempo de conversar com ela sobre sexo, menstruação, camisinha e Aids. Não deu tempo de discutir o *Dom Casmurro*. Não deu tempo de ouvir com ela, na sequência, as três versões da melhor canção do século 20, "Layla", para depois concluir que as três são igualmente geniais: a original, a acústica e a gravada ao vivo com a banda do Wynton Marsalis. Não deu tempo de ela andar ao meu lado no banco da frente do carro. Não deu tempo de parabenizá-la por ter entrado na História, na Arquitetura, na Medicina, por ter decidido não fazer faculdade e ter largado tudo para ir morar em uma comunidade em Piracanga. Não deu tempo de brigar com ela porque ela estava se comportando como todo e qualquer adolescente. Não deu tempo de chorar sozinho no banheiro depois de ter ido visitar o primeiro apartamento dela. Não deu tempo de ver mês a mês a barriga dela crescendo. Não deu tempo de contar para ela que o meu médico havia dito que o melhor mesmo era a cirurgia, a quimioterapia acabaria comigo. Não deu tempo de vê-la chorar de dor

e de raiva. Não deu tempo de ter que enfrentar uma balada barulhenta, mas naquele ano ela e a irmã decidiram comemorar o aniversário juntas. Não deu tempo de ver o primeiro fio de cabelo branco surgir na cabeça dela. Não deu tempo de ela me tratar como uma criança. O que a T. jamais desconfiaria é que esse tipo de pensamento vermelho não é o mais perigoso. Não. O que realmente me dá medo é o que não deu tempo para ela pensar em fazer comigo. Os sonhos dela. Ou ainda, o que ela nem chegou a sonhar. Esses se tornaram insondáveis. Um mundo que eu não posso acessar. Fechado no cérebro já desligado dela. Nesse instante a sensação de medo é brutal. Não o medo de quem está na beira do maior precipício de Marte. Não. É o medo de quem está esperando o farol de pedestres da Paulista abrir e ao olhar de relance para baixo vê um lobo branco lhe cheirando os pés. Ninguém ao redor está vendo a fera. Você olha para baixo novamente e não consegue decidir se é melhor ficar e ser devorado como um pequeno-burguês alemão que nunca atravessa o farol vermelho, ou se vale a pena sair correndo e ser despedaçado enquanto os carros batem uns contra os outros para tentar desviar de mais um pobre coitado que insiste em cheirar benzina em plena luz do dia na maior cidade da América Latina.

[hoje]
A vida está te puxando de volta. Um dia a conta chega.

[carnaval]
Ele não se afobou na primeira vez com a Professora de Yoga. Quis sentir lentamente a mucosa lubrificada da vagina dela em cada milímetro do seu pau. Quando estava inteiro dentro dela, jogou o peso do corpo para a frente e foi ainda mais fundo. Ela deu um gemido curto e seco e disse apenas vem, enquanto o abraçava com as pernas e puxava o rosto dele com as duas mãos para beijá-lo, querendo engoli-lo. Inteiro. Dentro dela.

Sempre que se lembra da primeira vez com ele, ela sente o mesmo gelo e a boca fica um pouco aberta para os dedos dele e a vagina lubrifica e o bico do peito fica duro. Ela precisa tomar cuidado para não deixar o gemido curto e seco escapar e ecoar por todo o *ashram*.

[sonho]
Mastigo meus próprios dentes.

[traição]
Primeiro chega o F. e a T. Logo em seguida o R. e a J. A M. está terminando de se. Há quatro dias que ninguém vem. O F. toma cerveja. A J. vai pedir um gole para. A T. vai ficar um pouco enciumada. A T. vai querer. A H. vai pegar e chamar o T2. para. A rolha tá. Todos agora olham. O F. chama a N. e a M2. para. A T. se empina. O R. se levanta. A N. e a I. não estão com. O R. aceita. O T. vai. O Elevador está no 2 e o C. está. O F., seu vizinho, ouve. A X. não consegue se concentrar. Ela tem que. O S. amanhã tem que falar com o P. sobre. O R., que é casado com a L., está com. Ela é. A irmã, a T4., tem a Y5. e o D7. Esperando uma coisa.

[médico 1]
Ele ficou quarenta minutos fazendo massagem cardíaca em uma menina que chegou desacordada no colo do pai. Ele não se preocupou em saber o que havia acontecido. Ele tinha apenas uma missão: fazer o coração bombear o sangue pelo corpo. O terceiro botão do jaleco ficou aberto. Ele está de luvas e aliança. Não deu tempo de tirar. Sem as mãos dele sobre ela, o coração ficaria parado. E o óbito teria sido registrado trinta e sete minutos antes. Ele só olha para o rosto dela. Ele ouve toda a movimentação dos seus colegas em volta da maca. Ele não pode se distrair. Ele passou a ser o músculo cardíaco daquela menina. Ele está quente e coberto de sangue. Ele para. Ouve o som das máquinas.

E continua. A aliança apertada entre a mão direita e as costelas da menina começa a cortar o seu dedo. A médica-chefe fala para ele que não dá mais. Ele ouve. Não para. Ela esfrega a mão nas costas do Médico 1 com um misto de hierarquia e compaixão. O coração não obedece às ordens de ninguém. É possível observar uma gota de sangue dentro da luva. Quando o pai da menina entra para chamar a filha, o Médico 1 já não será mais o coração dela. Esse parou. Ele não aguenta ver a cena e atravessa a parede até o estacionamento do hospital. Ele está coberto de sangue seco. Está frio. Ele começa a andar. Não importa para onde. Os colegas não sentem a sua falta. Cada um dos médicos que participou do atendimento da menina está agora morrendo sozinho e se perguntando por que resolveu fazer medicina. O Médico 1 não está se perguntando por que resolveu fazer medicina. Ele sabe que foi por causa do avô dele, médico, e do pai dele, também médico. Ele vai chegar em casa calado. No almoço de domingo ele não vai conseguir conversar com os seus familiares. O pai percebe o que aconteceu. O pai vai se levantar e colocar a mão no ombro do Filho 1. Não é preciso mais do que isso. Ele não vai dizer a ele que a essa camada de sangue seco ainda vão ser somadas muitas outras. O Médico 1 tira da cabeça o pensamento que mais o perturba: quem manda nisso tudo afinal, Deus ou o coração? Ninguém na faculdade de medicina da Santa Casa conseguiu responder.

você (*1665 cf. FMMelFid*)

| princ. | oc. | gram. |

pronome
1   PRON. TRAT. aquele a quem se fala ou se escreve
2   PRON. INDEF. pessoa não especificada; alguém ‹*Hoje começa uma nova vida para você. Você pode deixar tudo do lado de fora:*

roupas, contas a pagar, memórias, desejos, dúvidas e esse câncer no fígado. Aqui você não vai mais chorar. Você é O Pai Que Se Fodeu. Eu te conheço. Isso termina aqui. Acabou essa história de artigo na revista, post no Facebook e livro. Você não pode mais pensar na sua filha. Na sua mulher. Nos seus pais. Você nunca mais vai transar. Você não vai sentir falta. Eu garanto. Você vai virar outra coisa a partir de amanhã. Você vai ser um número. Não. Você não vai mais sonhar. É expressamente proibido em casos como o seu. Você não vai mais comer, beber, tomar banho. Você vai se esquecer de que tem pênis e ânus. Você vai tocar o seu rosto e não vai sentir mais a boca. Nem os dentes, nem os olhos. Você não faz perguntas aqui. Você vai desaprender a falar, a gritar, a berrar e a cantar. Você vai virar um caco. Pior que isso. Um troço. Você nunca mais vai dormir. Você não tem cura. Temos que acabar com você. É o único jeito. Você me chamou no seu sonho. Implorou que eu te trouxesse para cá. Você não vai mais ter nome, cor, textura, densidade. Não, você não vai ser pura energia. Você não está morto. Você é O Pai da Menina Morta. Você agora vai vestir este camisolão branco. Você vai ter o seu cabelo, os seus pelos, o seu fígado e o seu períneo raspados. Você vai sobreviver aqui por novecentos e setenta e quatro dias. Depois disso você não vai mais querer sair daqui. Você vai começar a crescer enroscado na grade da cela. Você vai virar uma trepadeira. Ninguém vai te dar água. Você vai secar. Você vai virar um galho esturricado espetado num montículo de areia suja. Não, você não vai morrer. Nunca mais.›

[sexta-feira: velório. versão 2]
Nuno, eu me fodi.
Verdade.
Nuno, eu me fodi.
Verdade.
Nuno, eu me fodi.
Verdade.

Nuno, eu me fodi.
Verdade.
Nuno, eu me fodi.
Verdade.
Nuno, eu me fodi.
Verdade.

[segunda-feira]
Chuto uma pedra solta do calçamento da Teodoro Sampaio.

[terça-feira]
Meço minha temperatura.

[quarta-feira]
Assisto a um vídeo com os melhores momentos do Chacrinha.

[quinta-feira]
Como filé de frango com creme de milho.

[sexta-feira]
O jornaleiro pergunta se eu vou pagar minha dívida.

[sábado]
Aviso o jornaleiro que eu não vou ganhar na Mega-Sena.

[domingo]
Deito cedo e tiro a meia de lã depois de sete minutos na cama.

[segunda-feira]
Acordo com frio nos pés antes de o despertador tocar.

[terça-feira]
Decido me masturbar com a mão esquerda.

[quarta-feira]
Jogo no bicho.

[quinta-feira]
Perco.

[sexta-feira]
O emprego.

[sábado de aleluia]
Compro ovos de Páscoa.

[domingo]
O começo do fim.

[cidade dos sonhos]
Em Los Angeles você pode contratar um tour para conhecer a fachada das mansões das estrelas do cinema. A melhor opção é alugar um carro particular, já que em várias ruas ônibus de turismo são proibidos de circular. O passeio todo custa cerca de cem dólares e tem duração de três horas. Além das residências de Keanu Reeves, Johnny Depp e Madonna, o passeio leva até a porta da famosa Mansão Playboy. O guia sempre escapa com as mesmas evasivas quando algum turista chato pergunta se a Madonna mora mesmo ali. É, sim, na maior parte do tempo. Mas agora ela está gravando em Buenos Aires. Nos raros momentos em que o guia não está pensando em cinema e no *red carpet*, por alguns segundos apenas ele se lembra da falha de San Andreas, que atravessa a Califórnia de norte a sul. A qualquer instante, a vida de trinta e oito milhões de pessoas pode ser engolida, inclusive a do Charles Manson. O guia sente um gelo para em seguida se convencer de que isso é o que torna a Califórnia um lugar tão especial. Ali, a casa do Jack Nicholson.

Quando Janderson de Oliveira se matriculou nas aulas de yoga para ganhar mais elasticidade e assim imitar com perfeição os movimentos do Bruce Lee, ele não poderia imaginar que anos depois estaria encenando o papel de Sri Prem Baba no mundo todo. Quando acorda de madrugada, e por alguns segundos pensa ainda estar morando no velho apartamento dos pais no centro de São Paulo, Janderson sente um enorme alívio. Nesses momentos ele alimenta o antigo sonho de ser um astro das artes marciais. Janderson sempre quis ser uma estrela de Hollywood. Ele se conforma. Nem todos podem escolher o próprio papel dentro da indústria do entretenimento. E volta a dormir. No dia seguinte bem cedo ele precisa enviar mensagens de esperança para centenas de milhões de seguidores que o aguardam no WhatsApp.

A Via Láctea abriga cem bilhões das chamadas estrelas fracassadas. Não são nem estrelas nem planetas. Janderson nunca pensa nisso, para ele, o céu não é o limite.

[hoje]
Qual é o seu maior medo?
Achar que ninguém mais existe.

[chile]
Ela tira a galocha vermelha número 27 no quarto de hotel depois de andar o dia inteiro pela capital chilena. Com a ponta de um pé empurrando o calcanhar do outro, ela se livra das duas. Ela não percebe que as solas da meia-calça branca estão molhadas de suor. As galochas ficam deitadas uma sobre a outra no tapete marrom com temas mapuche.

[velório]
Nome: Sobrevivente. Não.
Data do óbito: 2049

Velórios frequentados: 52. Entre eles, o do pai, da mãe, da sogra, de dois cunhados e de uma cunhada, da prima da mãe e do marido dela. De todos os tios e tias. Do E. e da L. Do H. e da R. Da Minha Filha. Deixou de frequentar 23 velórios.

Data do óbito: 2015

Velórios frequentados: 17. Deixou de frequentar 9 velórios.

Data do óbito: 2006

A Minha Filha não nasceu. A Minha Filha não morreu.

[lista]
De medos dos brasileiros:
Bala perdida
Estupro no metrô
Boa noite Cinderela
Sequestro-relâmpago
CV
PCC
PM
Os brasileiros nunca pensam em miocardite

[sonho]
Você sonha com lobos?
O que são lobos?
Você sonha com ratos?
O que são ratos?
Você sonha com a Route 66?
Quem é Kerouac?
Você sonha?
O que são sonhos?
Você sonha com a morte?
O que é a vida?

++

Eu sou um psicopata?
Não. Você é viciado na verdade.
Tem cura?
Não. Você nunca vai cuspir fogo.

[cajuína]
Ingredientes
5 kg de caju
Gelatina em pó branca (sem sabor)

Modo de preparo
Componha uma música
Armazene em lugar fresco e arejado
Ganhe dinheiro
Esqueça o existencialismo
Goste das coisas
Seja feliz

[olho]
Ele quer viver uma cena de *A história do olho*. Ele vai. Ele leu o livro em seis diferentes idiomas. Ele decorou cada vírgula, cada ponto e cada buraco do texto. Ele teve mais de sessenta e cinco ereções. Ele está pronto. Ele vai. Ele conta com o Autor Destes Fragmentos para narrar cada ato dele de forma idêntica ao escrito pelo Bataille. Ele sugere ao Autor Destes Fragmentos que dê *copy/paste* no texto original para que tudo saia perfeito. Assim o Autor Destes Fragmentos vai poder assistir um pouco da cena sem se preocupar em anotar tudo. Ele não tem vergonha. Quem ama o Bataille não teme a noite. Ele recomenda ao Autor Destes Fragmentos que preste atenção: o Bataille nunca escreve ânus, ele escreve cu. Não seja pudico. Não se esqueça, você não é um romancista. Você nunca será o Bataille. Você é pudico. E não consegue escrever mais do que parágrafos curtos e desconexos.

++

Quando tocou a maçaneta fria, John sabia que o início estava próximo. Algo lhe dizia isso. Ele ameaçou se virar para olhar pela última vez para Mary, mas não o fez. Com a certeza de que preocuparia desnecessariamente sua bela esposa que, naquele momento, estava envolvida na tarefa de criar suas duas filhas: Jane e Joan. John finalmente decidiu abrir a porta. O Autor Destes Fragmentos se irrita. Ele realmente não é capaz de narrar com realismo uma cena longa. Ele não sabe onde colocar as vírgulas, antes ou depois do "quê". Eu nunca serei o Bataille. Eu não sou um romancista? Não. Jamais. As pessoas vão ler o seu livro porque nunca foram a uma noite de autógrafos de um autor morto. Você é uma aberração.

++

Quem vai contracenar com você nas cenas do Bataille?
A Terapeuta Budista.
Ela é bonita?
Ela vibra.

[e-mail]
RES: fragmentos
De: Crítico
Para: Autor
Data: 21/6/2017 29h57

você deveria considerar a forma mural, ou painel, mas agora de uma perspectiva radicalmente distinta porque tudo é filtrado a partir de um interior.

RES: RES: fragmentos
De: Autor!
Para: Crítico
Data: 21/6/2017 30h57

mas então você acha que eu posso ser o novo bataille?

RES: RES: RES: fragmentos
De: Crítico
Para: Autor?
Data: 21/6/2017 31h57

nunca. o bataille está vivo.

[terceira pessoa do singular. masculino e feminino. cena 1: beijo. sem cortes. aparece o chinês de tapa-olho]
  É um bar. De beira de estrada? Sim. Dentro de um posto de gasolina em um filme do David Lynch. Não, do Tarantino. Ele e ela se tocam nos braços. Em Istambul? Não, em El Paso. Pela primeira vez. O garçom não imagina a temperatura daqueles corpos. Café? Não, gim. A garrafa toda. Ele ouve um barulho e olha para trás. Ele está de costas para o resto do bar e de frente para o banheiro. Sem porta. Ele vira a cabeça e no mesmo instante ela também vê. Solta o braço dele. Medo. Um chinês de tapa-olho está tomando café na mesa mais próxima da saída. Um sonho. Ele sente a morte, mil vezes a explosão da cabeça do presidente Kennedy, todas as desilusões de todos os jovens de todos os tempos, o homem nunca descobriu o fogo, uma *selva oscura*, sim. E ela? Ela sente nojo, ela vomita o remorso de todos os abortos de todas as meninas de quinze anos, a pele pendurada como uma roupa velha com a explosão em Hiroshima, o viciado em crack chupando a lama nos vãos da bota do PM, "uma criança

sorridente, feia e morta estende a mão". Eles se olham querendo abrigo. O beijo. Agora sem cortes. Eles só querem o colo um do outro. Eles já não pensam mais na Guerra da Síria, nos bebês deformados pelo fórceps, nos carros 4 x 4, nos filmes do Eric Rohmer, no comercial de gim Gordon, nos contos do Beckett, na morte solitária do Philippe Pinel e na fome na China.

[1976-2017]
Meu Cachorro 1 era da raça beagle. O Cachorro 0 não conta, eu ainda era muito novo. O Cachorro 1 era danado. Em um dia de chuva ele cavou a terra de uma jardineira para fora do apartamento e manchou toda a fachada do prédio. Meu pai ficou puto. Agora chega. O Cachorro 1 foi morar no vizinho da minha avó. Depois de um mês ele fugiu. Ninguém foi atrás. Meu Cachorro 2 era um pastor-alemão. Era no começo. Quando ele não cresceu muito a gente descobriu que era um vira-lata bravo. Quando a Minha Filha nasceu, a gente tinha o Cachorro 3 e o 4. Labrador é ótimo com criança. Quando a Minha Filha tinha três anos o Cachorro 3 morreu. Nasceu a Minha Outra Filha e a gente comprou um aquário. Vai dar trabalho. Morreu o Peixe 1, Peixe 2, Peixe 3, Peixe 4, Peixe 5, Peixe 6, Peixe 7, Peixe 8, Peixe 9, Peixe 10, Peixe 11, Peixe 12. Sobrou só o Peixe 13. A Minha Filha chorou muito pelas mortes do Peixe 1 e do Peixe 2. Não deixou jogar na privada, como queria a Minha Outra Filha. Enterramos na Jabuticabeira Única. Quando a Minha Filha estava com oito anos e quatro meses, o Cachorro 4 morreu. Todo mundo chorou. Eu não sei onde enterram os cachorros. Alguma empresa deve cuidar disso. Quando a Minha Filha morreu, o Peixe 13 estava vivo. A gente comprou o Cachorro 5. Quando eu era pequeno, minha avó comprou para mim um casal de periquitos no Mercado de Pinheiros. Eu queria um filhote de gato, mas ela não

topou. Eu falei para as Minhas Filhas que era judiação manter pássaros fechados em gaiolas.

[anatomia]
Cabeça, ombro, perna e pé.
Perna e pé.
Olhos, orelhas, boca e nariz.
Cabeça, ombro, perna e pé.
(Lembre-se, o Bataille nunca escreve ânus. Sempre cu.)

[carnaval]
Qual é o seu maior desejo?
Gozar sem culpa.

[hoje]
Tenho que voltar a escrever sobre morte. Sobre a morte. Sobre a minha morte e a de todos os lobos de todos os sonhos de todos os pacientes do Freud.

[terça-feira]
Na padaria da esquina peço uma coxinha com catupiry e uma Coca em lata. Com catupiry não tem. É seca. Cada naco só atravessa a garganta ensopado de Pinho Sol. Fecho os olhos. PAPAI! Viro para trás assustado. Todas as crianças de quatro anos têm a mesma voz. Todas as minhas filhas de quatro anos estão morrendo e nascendo novamente agora. Sem parar. Milhões de Minhas Filhas explodindo entre a Terra e a aurora boreal. Sujeito e objeto já não se distinguem, o tempo é uma ilusão fabricada pelo cérebro e pela indústria cinematográfica. Não tem nada mais triste do que bufê de padaria na hora do jantar. Não há nada mais absurdo do que continuar escrevendo na fila da câmara de gás.

[coveiro 1]
Ele acorda às 6h15 para chegar ao cemitério da Lapa às 8h00. Ele mora em Pirituba. Não é tão longe. No dia 27 de abril, o Coveiro 1 não sabia muito bem o porquê, mas antes de entrar pelo portão lateral de funcionários, ele desviou para o bar e tomou duas pingas. Soltou o ar quente pela boca fazendo um barulho que não se aprende ou se ensina. Vestiu o macacão azul de brim grosso. Nesse dia o turno dele foi com o Coveiro 4. Melhor. Calado como ele. Dizem que já foi preso. Ele nunca perguntou. Ao meio-dia eles já tinham guardado, no cemitério eles falam guardar em vez de enterrar, três caixões. O Coveiro 1 está suado. Ele se incomoda com a camada de cimento e suor que vai cobrindo o seu corpo conforme o dia avança. Não, ainda tem mais um antes do almoço. Ele e o Coveiro 4 esperam o caixão na rua 13, bloco 19. O Coveiro 1 acha todos os enterros iguais. Todos tristes, mas iguais. Quando viu o caixão branco e pequeno, ele se arrependeu de não ter tomado a terceira dose de pinga. Cada enterro é único. Ele nunca consegue olhar para a cara dos familiares. Naquela noite ele não terá coragem de encarar o cobrador do ônibus, o filho do vizinho e a sua mulher. Vai murmurar palavras desconexas com a cabeça apontando para o chão enquanto troca o apoio do corpo de um pé para o outro sem parar. O filho do Coveiro 1 chegou tarde do serviço. Falou boa noite para o pai que não respondeu nada de dentro do banheiro. O Coveiro 1 não conseguiu olhar a sua própria cara no espelho. Aquela cara coberta de cimento, suor, pinga, 193 acidentes de carro, 27 falências múltiplas dos órgãos, 19 HIVs, 94 enfartes, 12 embolias, 3 balas perdidas, 11 suicídios, 45 derrames, 151 paradas respiratórias, 34 causas desconhecidas, 1 miocardite fulminante. O Coveiro 1 dormiu no chão do banheiro naquela noite. Ele não sabe que aquele jeito de ficar encolhido se chama posição fetal.

[whatsapp]
Oi, querido. O pessoal da editora está um pouco apreensivo. Quantas mortes você ainda pensa em incluir no livro? Acha mesmo que essa mistura de sexo e morte funciona? Não seria melhor encerrar? Beijinho.

[refugiados]
Qualquer refugiado só deseja uma única coisa: viver. Qualquer refugiado só tem medo de uma única coisa: morrer. Para fugir da morte o refugiado aceita andar por dezenove dias e noites, tomar água contaminada, engolir carne podre, dormir coberto de moscas, ser humilhado e odiado e ofendido pelo resto dos seus dias. Para viver o refugiado aceita dormir no esgoto, comer lixo e ser coberto de xingamentos e fezes pelo resto dos seus dias. Você pode contar para o refugiado toda a história nos mínimos detalhes pelo resto dos seus dias que ele jamais vai entender a vida do Pai Que Se Fodeu e que sonha todas as noites com um enfarte fulminante. Como que alguém não aceitaria qualquer forma de vida para não morrer é algo que o refugiado vai tentar compreender pelo resto dos seus dias morando com urubus que devoram filhotes de lobos brancos.

[hoje]
Hoje eu largaria tudo para gozar todos os gozos e me esquecer deste dia.
Até amanhã.

[sexta-feira]
Nuno, eu sou leproso.
Verdade.
Nuno, eu sou leproso.
Verdade.

Nuno, eu sou leproso.
Verdade.
Nuno, eu sou leproso.
Verdade.
Nuno, eu sou leproso.
Verdade.
Nuno, eu sou leproso.
Verdade.
Nuno, o Gil não é leproso.
Verdade. Você não é o Gil.
Nuno, o Drummond não é leproso.
Verdade. Você não é poeta.

[pulp fiction]
O Travolta relutou em encontrar o diretor que o queria para o seu novo filme. O agente insistiu. O cara é uma promessa. Ele foi. Contrariado mas foi. O Travolta achou o Tarantino com cara de nerd. Ficou de pensar. Quando voltou para casa e olhou sua cara gorda no espelho, por alguns segundos não reconheceu aquela máscara de galã de musicais. Pegou no lixo da cozinha o papel amassado com o número do jovem diretor e resolveu ligar. Atendeu uma garota. Ela desligou na cara dele. Achou que fosse trote. O Travolta acabou topando rir do próprio personagem que ele vinha encenando nos últimos vinte anos. Confiou naquele nerd de merda. E deu certo. Agora quando acorda, o Travolta se olha no espelho e reconhece naquela covinha ridícula no queixo o ator cult do momento. Nenhum outro diretor vai chamar o Travolta para os seus filmes. Cara, a piada só funciona uma vez. Quando o Travolta olhar a cara cheia de botox no espelho, ele já não vai reconhecer a máscara do ex-galã brega que voltou do limbo para fazer um único filme de sucesso. O mundo dos cinéfilos vai se dividir entre os que se lembram do ator

de *Embalos de sábado à noite*, e dão risada com pena, e os que não conseguem tirar da cabeça a cena da dança com a Uma Thurman em *Pulp Fiction*, e dão risada com pena. Por causa dos implantes na cara para remover e aplicar novas máscaras, o corpo do Travolta não vai poder ser cremado. Pode explodir. O Tarantino não vai ao enterro do filho do Travolta, mas por alguns segundos vai sentir pena dele. O Tarantino vai ler algo sobre cientologia e as circunstâncias obscuras da morte do rapaz. Ele nunca vai deixar de achar o Travolta uma piada de merda.

[tribunal]
Seu canalha. Era só ter dado a porra da vacina! Faça um favor a todos nós: tome veneno e acabe com o nosso sofrimento. Corte a jugular e nos deixe em paz.

[e-mail]
Invitation
From: Madame Tussauds – LONDON
To: Dad
Date: 5/22/2017 11h57

Dear Mr. Dad,
It is a pleasure to invite you to be part of our cast of wax figures. As you probably know, Madame Tussauds is the world's most important and renowned wax museum.

After being imprisoned during the French Revolution, the talented Marie Grosholtz (better known as Madame Tussaud) was forced to prove her loyalty to the revolutionaries by modeling wax masks from the heads of executed nobles – including the king and queen, her former masters. However, instead of being drowned by sorrow, young Marie decided to turn her punishment into an opportunity.

Now there are 24 Madame Tussauds museums spread around the world.

Our entertainment team would like to have your figure in our Horror section. We suppose you will understand why and rejoice with the idea.

After 250 years of craftsmanship in the art of creating wax replicas, we will use a new production method, for the first time ever, to design your statue. Madame Tussauds will cover all your travel and accommodation expenses to our Hong Kong branch. There, a Chinese expert in mummification will cover your body with a formaldehyde solution and then apply a wax-based varnish. Finally, all small details will be adjusted in order to ensure the high quality our visitors have come to expect from us.

This means you will be our first replica which is also the original character – an innovation that is cause for great excitement from our part!

We look forward to your reply and hope you will accept this unique proposal.

Kindest regards,
B.

++

Olá, B.

Será uma honra estar entre tantos mortos ilustres. O processo todo com o tal chinês é doloroso?

Beijos,
Pai.

Copy
Google tradutor
Paste

Hello, B.

It will be an honor to be among so many illustrious dead. Is the whole process with such a Chinese painful?

Kisses,

Dead.

[coveiro 2]
Ai meu Deus.
Puta que o pariu.

[carnaval]
A Professora de Yoga fica de quatro com a cabeça tombada, a nuca suada à mostra e os cabelos descendo numa onda perpendicular ao chão. Está de camiseta. Eu também. Por debaixo do próprio corpo ela pode ver o meu pau massageando o seu clitóris. Ela não sente os joelhos queimando e perdendo a primeira camada de pele. No banho, já em casa e à noite, ela vai se lembrar quando arder. Ela levanta a cabeça e eu agarro os seus cabelos e os puxo para trás lentamente até o pescoço dela ficar completamente tensionado. Nessa hora eu enfio o pau até o fundo e ela abre a boca. O ventilador joga um vento quente nas minhas costas a intervalos regulares. Nossas vozes já não saem. Fora da salinha trancada ela não repara no barulho da movimentação dos outros professores e alunos da próxima aula, mas sabe que é preciso ter cuidado. Quando eu dou um tapa na bunda dela, ela fica com raiva e com vontade de me matar, mas em vez disso goza.

++

Você quer parar?
Eu preciso.
Você quer parar?
Não.

[segunda-feira]
Nova consulta com o T. Dessa vez no boteco em frente ao consultório. É uma novidade do pessoal de Yale, ao que parece. Atravessando a rua eu pergunto se psicólogos são os padres de um mundo sem Deus. Mais ou menos. Eu conto dos meus sonhos recorrentes com lobotomia. Todo mundo que leu Freud sonha assim. Peço um café. Ele, um rabo de galo e fígado com jiló. Ele quer saber mais sobre a Terapeuta Budista. Aviso que não estou conseguindo inventar mais nada. Ele pede açaí com conhaque. Ele tem as mãos de um gigante suaves como as de uma menininha. E os padres? 107% pedófilos. E os psicólogos? 34% padres. Ele pede dobradinha e steinhaeger. Conto que tenho sonhado com sexo anal e morte. Normal para quem leu o Bataille. Conto que estou escrevendo um romance. Certo. Vamos ter que nos ver com mais frequência.

[terça-feira]
Marcamos a consulta em um puteiro em João Pessoa. Sonhei que eu era uma árvore seca e no alto dessa árvore havia um órgão com uma abertura que falava. A árvore é toda atravessada por descargas elétricas. Todo mundo que assistiu *Twin Peaks* sonha com isso um dia. Quem matou Laura Palmer? O T. pede uma Fanta Uva. Não há prostitutas aqui, são todas cartomantes. Falo para o T. que tenho sonhado muito acordado. Ele me explica que nesses casos o Freud sempre recomendava a ducha gelada e o eletrochoque. Tudo bem. Mas no final da sessão você vai me absolver dos pecados dos norte-americanos?

[quarta-feira]
É um quarto escuro. Não é exatamente um quarto. Uma luz muito fina entra pelo teto. Tem a altura de um galpão. Mas é estreito. E triangular. As paredes são geladas e de concreto

úmido. A luz entra, mas a sensação é de que o local é totalmente vedado. O ar está aqui parado desde que os Aliados desembarcaram na Normandia. O T. me pergunta se eu estou com medo. Sim. Ele também. O T. me pergunta se eu estou de pau duro. Sim. Ele também.

[quinta-feira]
Peço para voltarmos para o divã. O T. diz que não. Ele quer que eu me deite numa cama de pregos. Ele quer que eu pare de falar sobre sonhos. Ele quer as minhas entranhas. Ele quer a minha dor mais profunda. Porra, T., eu deixei a Minha Filha morrer! O que mais você quer de mim?

[sexta-feira]
O T. abre a porta do consultório e me beija na boca. Ele nunca passou por uma experiência tão libertadora como a de ser tratado por mim. Ele não imaginava que conversar com um condenado à morte pudesse explodir num gozo multicolorido e epifânico. Eu digo que tudo bem, que não há de quê, mas... eu sonhei com a Uma Thurman e o David Carradine. Eles estavam transando dentro de um armário de hotel no Rio de Janeiro. Calma. Todo mundo que percebeu que o Prem Baba nunca vai ser o Bruce Lee sonha com essa cena.

[sábado]
O T. está no obituário da *Folha*. Cometeu suicídio. Ele me liga em seguida para avisar que foi tudo simbólico. Que no fundo ele acredita mesmo no Freud e que o Marx não é grande coisa. E que eu sou uma fraude tanto quanto ele. Como assim? Quem morreu foi a sua filha. Você está apenas encenando a sua morte na forma estética. Não tem sangue de verdade, entende?

[máquina]
Todas as manhãs ele joga os farelos de pão no chão da cozinha com um movimento rápido e preciso da mão esquerda sobre a toalha de linóleo da mesa redonda e velha. Ele perdeu tudo. Sabe disso. Todos os dias ele repete como um gravador para si mesmo que ele tem tudo. A verdade que o atravessa ilumina o velho sobrado cor de terra e encharca a rua com água do mar Morto. Ele jamais sai de casa sem pensar que este pode ser o último dia. Ele nunca mais desligou a TV. A bateria do controle remoto acabou faz tempo, mas ele não tem coragem de abrir a tampinha preta e ver aquele farelo gosmento marrom que vai se acumulando ali. Sem o barulho do motor da geladeira tudo poderia desmoronar. A massagem cardíaca deveria ser realizada por um aparelho fabricado na Suíça, preciso e infalível. Ele pensa nisso e balança a cabeça já na rua. Médicos não são salva-vidas. Balança a cabeça novamente, como um robô. O jornaleiro o vê passar e inclina a cabeça trinta e cinco graus para observá-lo desaparecer na próxima esquina. O sol projeta a sombra da banca de jornal até o meio da rua e os carros passam sobre ela sem notá-la. A velocidade máxima naquela rua é de quarenta quilômetros por hora. O ponteiro do táxi marca quarenta e três quilômetros por hora, mas o taxista sabe que há uma margem de erro de 12%. Os mortos já não se importam com as máquinas ao seu redor que nunca desligam e servem apenas para informar que o corpo parou de funcionar. Para sempre.

[médica-chefe]
Não vai dar. Não vai ter jeito. Como falar com esses pobres coitados? Eles podem imaginar o que os aguarda? Deixa o Pai entrar aqui, pouco importa. Isso, continua a massagem cardíaca, claro. Mas não vai funcionar. Coitadinha. Uma pena. Coitados. Sim, nós vamos continuar tentando. Não, não vamos desistir.

Nunca mais.
Nunca mais você vai ter paz.

[japão]
Meu antigo mestre de aikido teve um derrame. Está perdendo a visão aos poucos. Um aluno dele me contou que o mestre tem dado repetidamente o mesmo golpe durante todos os treinos sem notar. Antes de dormir ele sempre planeja mentalmente a sequência de técnicas que irá ensinar no dia seguinte. Durante esse planejamento abstrato ele também não nota que escolhe sempre o mesmo golpe. Ninguém quer subir três degraus e olhar dentro do cérebro dele para ver a massa repleta de cavidades idêntica à de todos os demais seres humanos.

[humor]
A ereção é a prova definitiva de que o materialismo, mecanicista ou dialético, está errado. O milagre é a prova contundente contra as teorias idealistas.

[domingo. 23h42]
Sinto um forte desejo de reencontrar a Terapeuta Budista. Abro o WhatsApp e procuro pelo nome dela.
Contacts:
Terapeuta Budista
Available

Esta nota gratuita e automática programada por um nerd milionário do Vale do Silício me deixa inquieto: disponível. Seleciono a foto de perfil. Ela não olha diretamente para a câmera. Está entretida com algo que não se adivinha. Tampouco é possível saber quem tirou a foto. Gosto de pensar que foi uma amiga dela. Amplio ao máximo a imagem, invadindo a intimidade daquele rosto com meus dedos finos. Abuso de detalhes misteriosos que se revelam ao toque na dureza fria do vidro. Como chupar o bico do peito de uma estátua de mármore. O lábio inferior bem desenhado. Os cabelos que eu nunca compreendo.

[formulário]
Na entrada do hospício pedem que eu preencha um formulário para avaliar o meu estado mental.

1. Escolha a causa da sua morte:
Infarto fulminante
Embolia pulmonar
Aids
Ebola
Derrame
AVC
Infecção generalizada
Falência múltipla dos órgãos
Alzheimer
Encefalite
Meningite
Câncer
Doenças tropicais não catalogadas
Miocardite
Atropelamento
Bala perdida
Assassinato
Tombo
Fome
Sede
Raiva
Luto

2. Escolha a data da sua morte:
2015-2020
2020-2025
2025-2030
2030-2035
2035-2040
2040-2045
2045-2050
2050-2060
2060-2070
2070-2080

3. Escolha o local da sua morte:
Em casa
Na rua
Quarto de hospital
UTI
Mesa cirúrgica
Cativeiro
País estrangeiro
Na casa de amigos
Na casa de parentes
No trabalho
No tapete da sala
Na privada

4. Escolha com quem você deseja estar no momento da sua morte:
Mulher
Filhos
Pais
Irmãos
Amante

Médicos
Enfermeiros
Desconhecidos
Criminosos

5. Escolha para onde quer ir depois da sua morte:
Céu
Inferno
Purgatório
Aurora boreal
Outros mundos
Caixão
Fundo do oceano
Urna

6. Escreva uma redação de até seis linhas justificando por que apesar de tudo você acredita ser imortal:

_____. ____, _____; ____, ____. _____.
_____, _____.
_____, _____
_____, _____, _____! _____
_____, _____;
_____, _____, _____.
_____
_____? _____
_____, _____
_____.
_____
_____, _____, _____,
_____, _____, _____.

_____

++

O médico corpulento parece satisfeito com as minhas respostas. Ele também compreende a crise de choro que eu tive depois do teste. Ninguém gosta de ficar frente a frente com a verdade. Ele me consola falando que ao menos a Instituição está me dando a opção de escolher. Não, entre a vida e a morte não é possível. Sim, mas e Lázaro? Com muita paciência ele solta uma baforada lenta de cigarro light e me explica que um dia Lázaro também morreu. Que ele ressuscitou para a filmagem da cena e seis meses depois teve um AVC fulminante em um mercado da região. Um evangelho apócrifo conta que a família nessa segunda vez não se deu ao trabalho de sepultá-lo. Pela expressão corporal do médico parece que eu serei liberado. Eu não pertenço a este lugar. Um dos dois enfermeiros, parado de pé ao lado da única porta do consultório, se ajoelha bruscamente e vomita na lata de lixo da escrivaninha da secretária. Ele não aguenta mais olhar para mim. Ele pensava já ter visto de tudo na Instituição. Ele implora que o seu colega leve embora de lá aquele pedaço de carne podre. O carpete, as cortinas, a cadeira de couro descascada, tudo está coberto por uma gosma de infecção. Meu corpo é jogado de um lado para o outro como um barco pego de surpresa em uma tormenta no cais. Amarrado ao velho tronco, bate em outros barcos e na própria madeira do porto. Ninguém numa hora dessas ousaria tentar impedir aquele movimento. Ainda vejo o médico fumando lentamente e elogiando a minha dissertação. Ele comenta sobre a minha caligrafia de débil mental e pergunta por que eu usei mais do que as seis linhas recomendadas. Eu respondo calmamente que os grandes gênios da literatura tinham péssima caligrafia e que não se deve limitar as obras do espírito ao número de linhas. A secretária tapa as orelhas e grita desesperada. Não há som. Como o Michael Corleone diante da morte da filha na terceira parte da saga. Ela não aguenta mais os meus uivos. Na verdade, grunhidos dirigidos a Deus pedindo uma forma. Não a salvação ou o perdão, mas antes um contorno reconhecível. Algo minimamente estável para que os funcionários possam ao menos sentir pena, ou ódio. O médico envolvido na fumaça de tabaco sentado ainda à minha frente se levanta calmamente e retira da sua primeira gaveta uma caneta preta com um friso dourado. Ele está muito orgulhoso com o resultado do meu teste. Vai assinar a minha liberação imediata. O estampido seco e o cheiro de pólvora surpreendem a todos. Procuro saber se estão bem. O outro enfermeiro que até então se mantivera firme no cumprimento de sua função que basicamente consiste em não se envolver com internos e proteger a Instituição dos ataques mais violentos, deita minha cabeça em seu colo. Ele não tem nojo do rombo aberto em minha têmpora nem da massa informe coberta de sangue e gosma amarela que escorre pelas suas calças imaculadas. O sprinkler foi acionado. João Batista teve sua cabeça oferecida numa bandeja de prata em um jogo de sedução. O enfermeiro fecha os meus olhos com delicadeza e cochicha para mim que o meu desejo foi atendido. Eu finalmente tinha uma forma estável. Ele jamais vai deixar que alguém corte fora qualquer parte daquele corpo lindo e sagrado.

marrom (*sXX cf. AGC*)

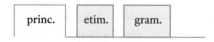

substantivo masculino
1   a cor da casca da castanha
2   aquela cor que, depois de misturada às demais, fica irreversível

3   você chegou a um lugar em que poderia fumar os manuscritos
4   você se dá conta de que não ter nada é ter absolutamente tudo
5   sensibilidade e selvageria
6   o barco poderoso e sensível naufragando que nos faz lembrar de tudo o que tentamos esconder a duras penas, pessoal e socialmente
7   a provocação mais dolorida
8   a grande aposta é também a grande piada?

[sábado. 23h42]
Eu só vou comer o seu cu se você me pedir.
Eu vou pedir.
Pede.
Me come?
Pede.
Me come?
Pede.
Me come?
Pede.
Me come?
Pede.
Me come?
Vira.

[homem velho]
A parede que separa o 2-C do 2-D é fina.
Já é madrugada.
O Homem Velho dorme no sofá de frente para a televisão. Faz anos que ele não liga o aparelho.
O barulho da água caindo na banheira de plástico no apartamento vizinho o desperta.
A garotinha está com febre. Daqui a pouco vem o choro.
E a cantoria suave da mãe.

Velhos não têm febre. O corpo não perde tempo dando alertas se não há mais ninguém para preparar o banho de morno para frio.

Aos poucos a voz da mãe vence o desespero da filha.

Nesse momento surge o pai chamando as duas de volta para a cama. Como um gentil bedel que houvesse flagrado dois garotinhos escondidos atrás da última fileira de poltronas do cinema para assistir a mais uma sessão do mesmo filme.

O Homem Velho volta a dormir sentindo um misto de alívio e inquietação. Ele não precisa mais controlar a febre de ninguém.

[eu]

O formato da minha cabeça é oval. Um cabeleireiro experiente sempre percebe que é preciso cortar mais no topo do que na frente para criar um efeito óptico agradável. Tenho marcas de espinhas da puberdade. Algumas somem com a barba por fazer. Em geral não gosto muito do que vejo no espelho. Aperto um pouco os olhos para criar uma imagem pouco nítida. Nunca brochei até hoje. Mas também não é possível afirmar que eu seja um exemplo de extrema virilidade. Provavelmente me enquadro em alguma média de países de clima temperado quanto à frequência de relações sexuais semanais, que se altera em tempos de casos extraconjugais, para em seguida se normalizar. Se não estou enganado, as mulheres me veem com mais interesse do que eu poderia imaginar quando olho o meu próprio rosto no espelho todas as manhãs. O que me faz acreditar que qualquer descrição que eu tente esboçar dos meus traços físicos será contestada por quem me conhece. Acho ridículo quem faz exames anuais de controle de colesterol sem nenhum motivo real de doença preexistente. Os exames laboratoriais, em última instância, representam a pior narrativa que se produz de um indivíduo. Quando estou sem sono, costumo me irritar se alguém boceja ao meu lado. Como se aquilo fosse uma afronta à vida. Acho engraçado e esperançoso ouvir um arroto em público. Soa como uma espécie de afronta à norma burguesa e um brinde à vida. O Artaud se sentiu plenamente vivo e gritou como um doido maravilhoso e iluminado depois de peidar.

[hoje]
Rua Sem Saída.

[sonho]
Uma sombra de um ser humano que é o próprio corpo se aproxima. Sou despertado pelo barulho abafado da minha tentativa de gritar. Guardo na memória esses dois segundos finais do sonho. O quase grito e a coisa negra sem corpo, distante o bastante para que eu a veja por inteiro. Ela se aproxima como se fosse constituída por impulsos elétricos. Ela emite um tipo de som que só os pássaros são capazes de ouvir quando chegam perto das centrais de distribuição de energia com seus milhares de fios e watts.

[um dia]
Você deve parar imediatamente de projetar o futuro. Essa é a causa da sua dor. Todas as manhãs pense apenas naquilo que é possível realizar em um único dia.

Mas o Bin Laden derrubou as Torres Gêmeas em menos de duas horas.

Viva um dia de cada vez.

A overdose do Jim Morrison o matou em menos de quarenta e cinco minutos.

Esqueça o terrorismo e o rock and roll. Não se engaje em nenhum projeto de curto, médio ou longo prazo.

Uma ereção pode durar menos de três minutos.
Viva um dia de cada vez.
Hermann Kafka mastigou 2555 dias de cada vez a *Carta ao pai* de seu filho.
Viva um dia de cada vez.
Nenhum médico pensou em miocardite fulminante.
Viva um dia de cada vez.
O ginecologista coloca o DIU dentro do útero em menos de quarenta e seis segundos.
Viva um dia de cada vez.
A queda do filhinho não levou mais que dezesseis segundos. Desde então o Clapton já viveu 9490 dias de cada vez. One more car/ One more rider.
Viva um dia de cada vez.
A Marilyn Monroe cometeu suicídio?
Viva um dia de cada vez.
Lee Harvey Oswald apertou o gatilho e, em um intervalo menor que dois segundos, um país inteiro deixou de sonhar.
Viva um dia de cada vez.
Pacientes com mais de oitenta anos não costumam viver mais que vinte e um dias de cada vez em uma UTI.
Viva um dia de cada vez.
Comecei a escrever este livro há 634 dias de cada vez.
Viva um dia de cada vez.
Drummond viveu apenas doze dias de cada vez após a morte de sua filha querida.

[tribunal]
Não será aceita essa sua tentativa patética de se matar simbolicamente em um romance. A fuga para o sexo também não vai funcionar. Não há cura para você e já se esgotaram todas as apelações de defesa possíveis. Um conselho: escolha uma causa para que a sua morte restabeleça

um mínimo de dignidade à sua história. Talvez assim umas vinte pessoas apareçam no velório e a sua família possa mencionar o seu nome de vez em quando sem receio de vomitar.

[hoje]
Se eu morrer antes de entregar o arquivo para a editora, por favor revisa, mexe no que for preciso, eu confio, dedica para a Minha Filha, e publica como seu.

[olho]
Descartes considerava a glândula pineal um "centro que recebe e transmite para a alma as impressões exteriores". A glândula pineal é uma estrutura cinza-avermelhada do tamanho do caroço de uma laranja, localizada no centro do cérebro. No almoço de sete dias da Minha Filha Caçula, a Minha Filha comeu os dois olhos de um pargo vermelho assado. Ela é derivada de células neuroectodérmicas e, à semelhança da retina, desenvolve-se a partir de uma invaginação do teto da parede do terceiro ventrículo. Para Georges Bataille, segundo Michel Leiris, a pineal seria um embrião de olho, um "olho malogrado", incapaz de cumprir a função para a qual teria sido projetado: olhar para o Sol. Do lado de fora da porta da minha casa está pendurado, em um prego, um enfeite feito de lã conhecido como Olho de Deus. No dia 7 de maio de 1922, cinquenta e quatro anos e vinte e um dias antes do meu nascimento, Manuel Granero, um dos toureiros mais famosos da Espanha, morreu vítima de uma chifrada no olho. Borges enxergou o aleph com a glândula pineal, o mesmo olho usado por John Milton para ver e depois narrar o destino dos anjos caídos. Ainda segundo Bataille, "o mundo é puramente paródico, isto é, cada coisa que se vê é a paródia de uma outra ou ainda a mesma coisa sob uma forma enganadora". Ninguém acreditou que o protagonista de *Blow-up*

havia visto um corpo no parque. A namorada do personagem interpretado por James Stewart em *Janela indiscreta* tampouco levou a sério a história contada por ele de que havia testemunhado um crime no apartamento em frente ao seu. Pouca gente sabe que o filme do Antonioni é baseado em um conto do argentino Julio Cortázar. Quando Cortázar esteve no Brasil, ele não entendeu nada. Voltou para a Europa com a certeza de que o Caetano Veloso e a Maria Bethânia eram a mesma pessoa.

[carnaval]
Quero te ver.
Acabou o incenso.
Quero sentir a sua boca uma vez mais.
Nunca mais fale mal do Prem Baba.
Beijar o calor que sai do meio das suas pernas.
Você ama Coca-Cola.
Encenar com você uma passagem do Bataille.
Eu amo o Yogananda.
Até.
Até sempre.

[olho]
"Existem duas tragédias na vida. Uma é não conquistar o que seu coração deseja. A outra é conquistar."
O Bernard Shaw nunca gozou. Pobre bastardo!

[lista]
De brincadeiras no playground:
Gangorra
Escorrega
Pega-pega
Esconde-esconde

Trepa-trepa
Papai-mamãe

[e-mail]
Amor
De: Fantasma
Para: Lina Balbuena
Data: 31/12/2060 23h59

++

UNDELIVERED MAIL RETURNED TO SENDER

[obituário]
Júlio deixa a esposa, Maria, duas filhas, Mariana, Camila, e três netos.
    Paula deixa um irmão e uma irmã.
    Fernanda deixa o marido, Fausto, e quatro netos.
    Alfredo deixa a esposa, Francisca, três filhos, Júlio, Mário, Gustavo, e dois netos.
    Marcos deixa a amante, Marcela, e um filho, João.
    Ramon deixa os pais, Paulo e Paula, e um irmão, Juliano.
    Lorenzo deixa uma irmã, Tatiana.
    Hideki deixa a esposa, Paula, dois filhos, Wagner, João, e sete netos.
    Afonso deixa a esposa, Clara.
    Marcos deixa dois filhos, Pedro e Paulo.
    Lou deixa Laurie.
    Eliane deixa três filhos, Carlos Eduardo, Carlos Afonso e Carlos Guilherme.
    Patrícia deixa a namorada, Cláudia, e um filho, Marcos.
    Juan deixa os amigos de faculdade, e os pais, Fernanda e Fernando.

Marco Aurélio deixa o amor da sua vida, Pedro.
Clemente deixa três irmãos, Marcelo, Álvaro e Fabiano.
Alessandra deixa o marido, Henrique, e dois filhos, Pamela e Joel.
Clarice deixa o marido, Paulo, e dois filhos, João e Felipe.
Thomas deixa a primeira e a segunda esposa, e quatro filhos, Pedro, Paulo, Angélica e Laura.
Quintino deixa três netos, Sérgio, Vinícius e Gilberto.
Érico deixa a esposa, Melanie, e dois netos, Cláudio e Tatiana.
Jaime deixa três esposas, Claudemira, Veridiana e Ana, cinco filhos, João Pedro, João Paulo, Maria Cristina, Maria Augusta e Maria da Glória, e nove netos.
Maria José deixa um neto, Afonso.
João deixa Joana, sócia e amiga da vida inteira.
Felisberto deixa a esposa, Fúlvia, e três filhos, Luiz, Márcio e Carolina, a Carolzinha.
Maria Aparecida deixa a mãe, dona Aninha, e um filho, Augusto.
Laura deixa o marido, Carlos, dois filhos, João, Joana, e quatro netos.
Bianca deixa o namorado, Paulo.
Paula deixa a esposa, Martha, e os pais, seu Eustáquio e dona Cleuza.
Mariza deixa o marido, Luiz Inácio, três filhos e quatro netos.
Karl deixa Maria, companheira de tempos difíceis.
Florência deixa o marido, Johnny, e cinco filhos, Priscilla, Patrick, Francis, Laurie e Julie.
Linda deixa duas filhas, Aparecida e Bia, e dois netos.
Camila deixa a esposa, Albertina, e um neto, Clóvis.
Marcos deixa três filhos, Sebastião, João e Pedro.
Clarissa deixa os pais, Flávio e Júlia, e três irmãos, Marcos, Matilde e Lúcia.

Luciano deixa a esposa, Flávia, e um filho, Celso.

Minha Filha deixa seus pais sem chão, pela inversão da lei da natureza que os obriga a sepultar nesta sexta a menina de oito anos, às 11h no Cemitério da Lapa, na zona oeste de SP.

[estrela]
Toda a matéria existente no planeta é formada por átomos. Uma espécie de grão do grão de areia, e do de mostarda. O corpo humano é composto por sete octilhões de átomos que se originaram de corpos celestes há bilhões de anos. No corpo de cada um de nós, esses átomos nunca tocam um no outro. E 99% de sua composição é feita de vazios. Depois que o coração para e as células interrompem o seu funcionamento, a matéria não desaparece. O cérebro é desligado, o sangue esfria e a respiração é cortada. Os átomos ficam ali naquele corpo frio, que ainda serve de lar e alimento para milhões de bactérias. Depois de enterrado, os átomos se mantêm como pele podre, ossos esfarelados e restos de tecido. E também na madeira do caixão, no solo, na grama e na raiz da árvore que força o tampo branco com detalhes dourados. "Vou revelar-te o que é o medo num punhado de pó." O cimento, a pá de pedreiro, o uniforme de brim marrom do coveiro também são formados pela combinação desses grãos de vazio. Eles ainda vão estar ali na poeira que sobrar dentro do caixão, ou nas cinzas guardadas na urna da cristaleira da sala.

[fim]
Quando?

[1978]

[eu]

Odeio quando aparece o filetinho branco na ponta das unhas dos dedos das mãos. Por menor que seja, é preciso cortá-lo. Mas o corte não é feito com muito cuidado, o que leva as pessoas a pensar que eu tenho o hábito de roer unhas. Eu nunca consegui roer uma unha. Eu assobio muito mal e só fui capaz de produzir aquele barulhinho de quando juntamos o dedo médio com o polegar e agitamos a mão para que o indicador acerte os dedos unidos com mais de quinze anos. No dedo anular da minha mão esquerda apareceu uma pinta de 1 milímetro de diâmetro aos trinta e seis anos. Dela nascem três fios grossos. Eu os corto com a lâmina de barbear uma vez a cada quinze dias. Faço a barba no banho de quatro em quatro dias, mais ou menos. Gosto de uma luz acesa na casa durante a madrugada para saber onde eu estou quando acordo no meio da noite. Raramente tenho insônia e quando acontece jamais consigo sair da cama para assistir à televisão. Aos nove anos, minha mãe foi me buscar em uma festinha de aniversário no apartamento de um colega de escola. Ela pediu para que o porteiro interfonasse no 2-C me avisando que havia chegado. Eu e meus amigos olhamos da sacada lá para baixo e no banco vazio ao lado do da minha mãe estava uma Playboy com a paquita do programa da Xuxa na capa. Eles riram e me provocaram. O motivo da gozação era o fato de uma mãe estar com uma revista de mulher pelada. A mulher pelada já não era mais paquita havia três anos. Estava com vinte e um, mas fez o ensaio sexy com partes da roupa de soldadinho de chumbo que as garotas usavam naquele programa infantil. Ela acabou se viciando em cocaína e casando com um roqueiro decadente. O do Olhar 43.

[leitor amigo]
Você não acha que em algum ponto será preciso oferecer uma saída? Um pouco de luz, talvez?

[madrugada de quarta para quinta-feira. terceira pessoa do singular. feminino. a mulher que reza. filmado pelos irmãos coen. preto e branco]
Ela está há três dias sentada em uma poltrona ao lado da cama da filha. A menina de treze anos foi diagnosticada com meningite. A mãe é a Mulher Que Reza. Sem parar. Isso faz com que ela viva uma espécie de êxtase. Ela ordena que Lázaro ressuscite, que o leproso seja curado, que a mulher que sangra, logo seque. Ela cura o aleijado. Ela realiza milagres. Sem parar. Gritos no corredor a trazem de volta de Jerusalém. Ela sai do quarto e vê o homem de cabeça oval desesperado. Ela é a Mulher Que Reza. Ela olha fixamente nos olhos dele e conta de onde ela veio com o rosto coberto por uma fina camada de areia do deserto. Os olhos dela são faiscantes. A filha do homem vai viver. Ela volta para a jangada ao lado da sua menina. A filha dela não vai morrer. Nunca mais. Pedro vai andar sobre as águas. Cristãos serão devorados por leões.

Serão perseguidos, mas a verdade vai prevalecer. Roma ainda vai se ajoelhar diante dos homens do caminho. A cruz vai se tornar um símbolo de esperança e não mais de dor. Ela fala coisas de que nunca imaginou ser capaz. Ninguém nunca falou como ela. Ela é a Mulher Que Reza.

[eu]
Os amigos do meu pai enchiam o saco porque eu ainda ficava no colo dele depois de grande. Talvez com nove anos. As amigas psicólogas da minha mãe enchiam o saco do meu pai porque a gente vivia muito grudado quando eu já era adolescente. Meu pai nunca ligou. Eu ficava em dúvida. Pelo sim pelo não, eu resolvi esquecer essas histórias todas e peguei a Minha Filha no colo durante oito anos, seis meses e três dias. De vez em quando eu ainda tomo banho na casa dos meus pais. Ando pelado pelo apartamento. Alguns vizinhos enchem o saco do zelador porque isso é atentado ao pudor ou sei lá o quê. Foda-se, quem liga? Quando eu tentei acomodar a Minha Filha no banco de trás do carro, o corpo dela despencou. Foi só no colo da Lina que ela parou numa posição boa. Pela última vez.

[homem velho]
Ele não sabe se está acordado ou dormindo.
Belisca o próprio braço.
A pele já muito fina por causa da idade rompe e sangra. Ele observa fixamente o machucado que coagula para depois virar mais um hematoma em seu braço já marcado.
Ele continua sem saber se é um sonho ou não. Ele grita. Ele mora sozinho. Ele grita novamente. Nenhum vizinho responde.
A campainha do apartamento toca mas ele não tem força para se levantar.

Está prostrado no sofá. A televisão está desligada e as cortinas fechadas.
Papai?
Uma voz de mulher velha o chama do outro lado da porta enquanto toca insistentemente a campainha.
O prato de comida do cachorro está vazio.
O gato está morto na janela.
A torneira não está pingando.
O ronco do motor da geladeira e a filha.
É um sonho.
Quem afinal é o sonhador?

[anatomia]
Batata da perna
Boca do estômago
Calcanhar de Aquiles
Coração de atleta
Cotovelo de tenista
Pomo-de-adão
Miolo mole
Cabeça-dura
Bico-de-papagaio
Olho de peixe
Pau-de-arara
Pica-pau
Periquita
Perereca
Céu da boca
Cu de Judas

[quarta-feira de cinzas]
Sim, talvez você esteja enganado. Procure a foto mais uma vez no Instagram. Aquela em que ela está com a filha no colo.

É a Sarlo com a Minha Filha Morta? É a Terapeuta Budista com a filha da Lina do segundo casamento? Eu já não compreendo mais nada. Reflexo ou transparência? Com o indicador e o polegar faça o movimento de afastar os dois dedos sobre o rosto dela e o encare fixamente. O John Lennon subiu quatro degraus, olhou para o teto branco com uma lupa pendurada por um fio de náilon e leu a palavra SIM. Sim, ele leu a palavra YES. É o rosto de uma estranha, você pensa com razão. Fabricar um sentimento negativo para perpetuar um positivo é um artifício tolo. A Yoko Ono disse BASTA. Mandou o marido e ex-beatle embora. Ele se mudou para L.A. e falou FODA-SE mais de setenta e duas vezes por dia. Raramente ele concordava com algum amigo, afinal, ele era mais famoso que Jesus. Depois de alguns meses ele voltou de joelhos para Nova York. A maioria das pessoas acha a Yoko uma senhora bonita. Olhe novamente a foto dela pelada ao lado do Lennon. Sim, ela sempre foi uma mulher interessante. Agora olhe por sete segundos para a ponta suja do seu All-Star. Depois do Freud o mundo passou a ser medido a partir do umbigo de cada um. Há quem diga que por isso não surgiu um Shakespeare na modernidade. As pessoas na época do bardo se entendiam observando o olhar do Outro. Jamais um *poor bastard* daqueles pensava em mergulhos introspectivos. Tem gente que acredita até hoje que a Yoko teve algo a ver com aquele filho de uma puta que atirou na cabeça do marido dela. Deslize o indicador, coloque a senha e procure mais uma vez a foto só para ter certeza de que é mesmo uma estranha. Esse gelo não é de tesão. Sim, é mais próximo do medo. Você está finalmente compreendendo que cada um de nós vive milhares de mortes antes do fim da sessão. Não a dela propriamente dita, mas a dela dentro de você. Um querer invertido que é também um buraco, um vão que não pode ser preenchido com secreções. Quantos corpos você já enterrou no seu aparelho digestivo?

Quantas melodias estavam guardadas na cabeça do Lennon quando o corpo dele foi desligado?

[waze]
Gêmeos com gêmeos. Quatro caras? E um sol da manhã. Tem muito touro no seu mapa. Não adianta ficar tentando se entender. A corda bamba não foi feita para você. Desce daí e vai para a arena pegar o touro pelo chifre. E não se esqueça: o bom toureiro sempre aceita o maior risco. Você é o autor. Depois de matar a fera, receba os aplausos, agradeça e coma a picanha com a gordura.

++

Você chegou ao seu destino.

[pensamento mágico]
Na volta do São João Batista, Carlos tenta esquecer da dor lembrando de cada um de seus poemas. Não ajuda. Tudo o que havia escrito agora parecia perda de tempo. As mesmas pessoas apressadas nas ruas que ele tão bem havia decifrado se transformaram em manequins. Ele não era capaz de compreender mais nada. Já em casa, ele se sentou na mesma cadeira antiga e aparentemente desconfortável, com um papel de carta à sua frente e a caneta preferida na mão esquerda. *Filhinha muito pensada.* Em Praga, Hermann Kafka recebe os manuscritos do filho que havia morrido. Milhares de páginas não publicadas. Na cidade fria ele lê compulsivamente e a dor vai sendo aos poucos substituída pelo espanto, como um líquido grosso que desliza devagar para fora de uma velha garrafa caída. Que mundo era aquele criado pelo seu filho? O pai nunca poderia imaginar que havia gerado um profeta da Torá. No meio da papelada ele encontra uma pasta azul fechada com dois elásticos

branco e preto contendo cerca de cem páginas manuscritas e um estranho título, *Carta ao Pai*. *Sua opinião era certa, todas as outras disparatadas, extravagantes, meshugge, anormais.* O dedo anular dói quando desliza pela corda mais fina do violão elétrico. Nem toda a cocaína e o uísque ingeridos, e muito menos o fato de ter levado embora a mulher do melhor amigo, irão impedi-lo de ir ao paraíso. Ele não ouviu o grito do garoto nem viu a queda. Estava no banho e quando saiu sua mulher lhe disse que o filho estava morto. Nessa hora o Pai da Menina Morta ainda era apenas o Cara de Vinte e Poucos Anos. É uma memória que ele irá reconstruir ininterruptamente pelo resto da vida. *Would you know my name?* Quanto tempo o menino ficou na beirada da janela? Com qual mão ele abriu o vidro? O vento bagunçou os cabelos finos e loiros? Quanto tempo de queda livre? Ele perdeu o fôlego? Sentiu dor? Medo? Pensou no pai? O Clapton só encontra a paz no sono. Jamais nos sonhos. Sempre o mesmo pesadelo: ele sai do banho e o filho desapareceu, ele o procura por toda a casa e quando acorda leva três segundos para se lembrar que o garoto havia morrido. Memória-Dor. Estamos todos muito cansados. *Julica prezadíssima.* No Rio de Janeiro, Carlos está morrendo sem saber. A dor vai durar exatos doze dias. O Pai do Paulo de Tharso vai invejá-lo. Seria melhor se fossem apenas doze horas. Doze minutos. O amor deveria garantir que as duas partes desaparecessem juntas, ou no máximo em um intervalo de doze segundos. Sua filha sempre dizia que ele havia se salvado. A máquina do mundo, o retrato de família, como alguém pode se salvar? A filha do Carlos morreu no hospital assim como o jovem messias de Praga, o Pai do Paulo de Tharso encontrou o filho morto na sala de casa, o Gil retirou o filho dos escombros do acidente, o Pai da Menina Morta carregou a filha até o hospital, o Clapton não viu nada. Hermann Kafka interrompe por alguns minutos a leitura da carta e se recorda, entre aflito e satisfeito, do barão de Münchausen erguendo a si próprio pelos cabelos para escapar de um afogamento. Tolice! Meu filho me odiou. Ele quer continuar escrevendo cartas. Finja que são poemas. *Filhinha muito pensada.* Em Praga reina o silêncio. Os acordes no violão são suaves, uma dúvida o atravessa: ele vai me reconhecer? Eles não chegaram a construir uma história juntos. Tudo parou no mundo ainda indefinido dos sentidos, o nascimento e a morte envolvidos no mesmo líquido denso em que não há ainda e nem mais sujeito e objeto, dentro e fora. O urro do animal selvagem que esquenta a mão de Deus. Entre um e o outro, a Queda de Roma, o estoicismo, escravos e crimes, todas as obras de arte e as equações matemáticas, a poesia e a prosa, Bach e os Beatles, Hitler e Gandhi, e as centenas de bilhões de pequenas dores, tragédias particulares, mudas, os lutos todos e o olhar atônito e encantado da plateia. É preciso tocar, sem parar, dar forma à dor, uma dor sem nome e as notas musicais evaporando sem parar. Para onde vai a música? *A E/G# F#m A/E.* Pouco importa quem segura as chaves. Carlos olha a parede de livros e deita no tapete da sala, cruza as mãos sobre a barriga e imagina que nunca mais vai abrir os olhos de pedra. Um homem velho. *Filharoquinha.* O Pai do Paulo de Tharso passou a enxergar o mundo feito de concreto e tijolos e tecidos de outra forma, ele agora chora na frente de estranhos. Carlos sabe muito bem que não é isso. O mundo está ali como sempre esteve e cada um vai dar a ele a forma que puder. O Gil acredita no amor acima de tudo. *Tenho que virar um cão.* Está no quarto casamento e depois da morte do filho todas as letras que escreveu, as melodias que criou, os olhares que proferiu, trazem de forma cifrada o acidente de carro do Pedro. Ele sempre hesita antes de subir em um trio elétrico com medo de estragar para sempre os carnavais da Bahia. Em Praga, Hermann tem medo de estar perdendo a razão. A leitura incessante de seu filho embaralha a sua história, as recordações e o luto. Ele era outra pessoa. Eles não habitavam o mesmo universo. Ninguém quer habitar a mesma Europa que Hitler. *Você simplesmente me esmagaria sob os pés e não sobraria nada de mim.* Seu filho não queria habitar o mesmo mundo que ele. *Tenho que lamber o chão.* Se eu tivesse trancado a janela! Se eu tivesse me matado! Por que eu deixei a Minha Filha sem sobremesa aquele dia? Idiotas, todos nós! No Rio, Carlos nunca se arrependeu de não ter conhecido a Europa. A história para ele sempre foi desordenada, uma criação do homem. Sozinho é impossível dinamitar uma consciência. O pior é não conseguir parar de pensar. A cada novo acorde, entre uma nota e outra, a lembrança. Agora é tarde demais para o Travolta desistir da cientologia. Quando a dor virar tristeza, considere-se um felizardo. *Amiga do papai.* Não, nem nas cartas nem nos poemas, ou nas profecias do filho, na Bahia de Todos os Santos ou nos acordes distorcidos da Fender vermelha. A Lua revela tanto quanto o holofote aceso durante o jogo de futebol. Olhe fixamente e desista. Quando Carlos duvidar, seu coração vai parar. O dele e o de todos aqueles que perderam. *Bizuquinha.* E as cartas vão virar outra coisa e mais dezenas de versões de "Layla" irão surgir, os textos do jovem de Praga ainda vão ser lidos nos departamentos de letras das universidades do mundo inteiro como se fossem os manuscritos do mar Morto. O Pai do Paulo de Tharso só quer morrer. O Gilberto Gil só quer morrer. O Clapton e o Travolta só querem morrer. O Hermann Kafka só quer arrancar da sua cabeça a carta escrita pelo filho, para depois morrer. O Carlos Drummond de Andrade só quer morrer. O Pai da Menina Morta pede todas as noites para morrer. Em vão. Nós devemos ficar entre os nossos. Vocês não carregam nenhum segredo, não é isso. Vocês querem encantar o mundo mas só espalham tristeza. *Have you begging please.* É uma ideia tola achar que pode haver uma recompensa, um segredo revelado para quem ficou preso para sempre no túnel Rebouças, na

Quinta Avenida, na praia Vermelha, em um apartamento na Vila Madalena. Não importa se você tem uma amante, milhares de fãs ou uma parada renal, o que importa é aquilo que você não tem. Jamais acredite nos falsos adoradores de falsos profetas. Depois de dormir por várias horas finalmente Carlos desperta. Enquanto a consciência começa aos poucos a tomar o controle da cena, ele se recusa a desgrudar as pálpebras. Mas a audição é incontrolável. Um a um ele reconhece os sons da cidade: o vendedor ambulante, o carroceiro, uma família de turistas carregando duas cadeiras de praia e um guarda-sol velho, a conversa sempre entre a brincadeira e a agressão entre os taxistas do ponto, as folhas das árvores balançando ao vento, a prancha do surfista deslizando numa onda de oitenta centímetros, o siri que sente os passos sonolentos do vendedor de mate se aproximando e pula de volta para dentro do buraco. Carlos esperava que nesses segundos os segredos da vida se revelassem. Esperou. A dor é a mesma para todos. *Nunca abandona o papai. Tá?* Esqueçam a psicanálise. Eles jamais vão entender a anatomia do sofrimento enquanto insistirem nas fórmulas prontas de Viena ou Paris. Marquem um encontro na arquibancada do Maracanã para saber de uma vez por todas quantos de vocês ainda existem. Troquem olhares e admitam que nada foi revelado. A vida fodeu com vocês. A dor é enorme. Vocês só querem morrer. *Papai re-querido.* Carlos guarda novamente a última carta escrita pela sua filha. O chão de tacos sendo comido pelos cupins suporta o peso do poeta. Ele está se transformando em uma folha seca. Em uma barata. Eu também parei de mastigar veneno. Eu também peguei a guitarra e papel e caneta, afinal, é preciso contar para o mundo. O quê? Assista novamente ao gol do Maradona. Não dá para ver a Mão de Deus. Assista pelo resto dos seus dias. Nunca cheire a cocaína dos falsos ídolos. O que você vê ali é um corpo acelerando, desviando, freando para em seguida tomar novo impulso e um círculo branco que atrai a atenção de todos. Ele sentiu, só ele, mas não é possível contar. Dante viu o último círculo do paraíso e nos disse que ele não cabe em palavras. A linguagem é uma cilada. Kardec jamais desistiu da ciência. Carlos ficou mudo para sempre. A luta de Darwin foi contra Deus. Depois da morte de sua filha querida, ele seguiu insistindo com a sua ficção do reino animal e a esposa jamais entendeu que ao desafiar o Todo-Poderoso ele estava apenas confirmando a existência Dele. Minha Filha não é uma alucinação. O Clapton vai sempre anunciar que a próxima será a última turnê. Sua ex-mulher contou que ele reza, mas que nunca mais tocou no assunto. Ele foi reconhecer o corpo do filhinho no hospital. Quem poderia imaginar que o Pai da Menina Morta um dia também iria reconhecer o corpo da filha no IML? *É ela. Ainda é ela?* O homem que duvida é idêntico ao que acredita. Cara ou coroa, diria o Pascal. Os dois estão apostando todas as suas fichas. Perder ou ganhar já não importa. Mais. Las Vegas virou um parque de diversões embaralhado com a rua de prostíbulos de Bangkok. Os norte-americanos me encantam, mas me assustam. Um dia eles ainda vão trazer os mortos de volta à vida. O Travolta gosta de pensar assim. *Adeus, Minha Filha Querida.* Carlos costumava dizer que a essência dos homens desaparece com a morte. Ele nunca quis saber de apostas. Era um homem contido e agradecia todos os dias pelos amigos que sempre o salvaram. Vocês estão no caminho certo. Vocês não encontraram as respostas, mas as regras do jogo ficaram mais claras. Sim, é um cassino e há os que contam com a sorte e aqueles poucos que sabem contar simultaneamente as cartas dos diversos baralhos na mesa do 21. Conte sem parar. Passe o resto da sua vida contando. Todas as negações e todo o desencanto levam ao ponto onde Gautama perdeu tudo e ao mesmo tempo recebeu o prêmio máximo.

++

Uma nota musical. Uma tecla do piano. Um desejo. Um dente de leite. Vai dar tudo certo. Cruza os dedos e bate na madeira do convés do navio. Eu andei de buggy nas dunas de Natal sem cinto de segurança. Eu andei de jangada em Maceió sem colete salva-vidas. Eu nunca fui internado em um hospital. Hospício dos mortos. Eu passei a ter medo da morte porque eu não podia perder, tá tão bom que dá medo. O corpo deitado na maca metálica. O corpo da Minha Filha deitado na maca metálica. A Minha Filha e o corpo dela. Escolher o vestido, o sapatinho mais bonito, as flores. Naquela manhã eu não imaginava que o Bin Laden derrubaria as Torres Gêmeas. Se eu pudesse decifrar todos os sentidos do que sonha o sonhador, talvez a fumaça rosa-turquesa dos primeiros gozos tivesse me indicado outros caminhos. Não há nada mais triste do que a certidão de óbito de uma criança. Quando eu bato a cabeça pela terceira vez no balcão, eles chamam o segurança. Meu rosto está úmido e quente. A segunda via é paga. Não se esqueça. Em um campo de concentração nada precisa fazer sentido. As vítimas não podem mais falar. Os livros são todos eles escritos por impostores. Experiências de segunda mão. É bom estar em coma. Eu sou O Pai da Menina Morta? Quem fala aqui afinal? Quem é Eu? O corpo dilacerado pelo ferro retorcido do que um dia foi um automóvel. O corpo intacto e a máquina silenciosa. O que ela sentiu? Quando a privada gelada rachou ao entrar em contato com o meu corpo febril, a louça afiada fez um talho profundo e vermelho na parte de trás da minha coxa. Eu gritei em silêncio e me deitei no piso do banheiro. Todas as noites eu peço a mesma coisa. Ninguém vai me entender. Ninguém quer saber. Quantos nós somos afinal?

Eu estou ansioso pela minha morte.

Não, eu não quero morrer.

Você apenas quer saber como é.

Aquele médico-carcereiro me enganou. Eu havia escolhido o grupo de controle. A perda deveria ser um placebo. Um teste de quanta dor um ser humano com as minhas características pode aguentar. Deu tudo errado. Alguém trocou as fichas. Quando eu acordei no dia seguinte a realidade cobrou seu preço. Os cacos do vaso do velho ipê-amarelo estavam espalhados por toda a casa, ferindo os meus pés. Eu não era capaz de me lembrar do nome da fera que me encaminhou para os primeiros exames. Sua saúde está perfeita, tem certeza de que prefere ficar na representação e não na experiência? Candidatos que aceitaram enfrentar guerras reais relataram que foram os dias mais importantes de suas vidas. Você tem certeza? As janelas estão pintadas de marrom. A minha garganta, o meu esôfago e o diafragma que agora precisa de comandos conscientes para funcionar, uma máquina frágil. Eu disse ao Morpheus que eu preferia esquecer. Acordar jamais.

Com os pés molhados pela água do mar, eu já não sei se eu sou o pai ou o filho. Alguém segura a minha mão esquerda com força. Eu vou me afogar ou eu sou o salva-vidas? Eu sinto medo da marcha do velho índio que atravessa o acidente na estrada como se estivesse cruzando séculos, eras inteiras com seus passos largos e o olhar fixo mirando a tragédia que mais cedo ou mais tarde vai derrubar a todos. As pessoas na rua se agarram às minhas roupas. Querem respostas. Acham que eu conheço o segredo. Eu viro o cálice sem deixar o vinho tocar a minha boca e a marca redonda na toalha de mesa já não contém resposta alguma. Olho por olho. Se o seu olho for motivo de escândalo. Seria melhor não ter visto. Ter fechado os olhos e desmaiado no corredor até o fim. Até o corpo desaparecer. Eu implorei ao médico que costurasse tudo, nada deveria ficar exposto. Nada mais sai daqui e nada entra e nunca morre. Os vitrais das catedrais góticas estão ali há centenas de anos e na parte mais baixa o vidro é grosso. Um tempo que não cabe na minha cabeça. A pedrada no para-brisa e a perda do controle do carro, eles nunca chegaram à praia. O gesto muito curto de apenas oito anos e uma letra cursiva. Recomeçar o quê? A memória vive te enganando. Na gosma do meu cérebro-ficção, eu já não tenho certeza se eu não sou Ela. Para onde vai o amor que seca no sopé da montanha?

Eu devia ter dado o fora enquanto era tempo. Fiquei preso aqui. Eu não podia ter olhado para o último olhar dela, nem me abaixado no tapete, nem carregado o seu corpo até o carro e pelos corredores do hospital. Eu não devia ter assistido ao filme do Godard. Não é uma floresta escura nem um túmulo. Não, é um tapete com estampas do Nepal. Mil jabuticabeiras caídas sobre mim e o tronco da sequoia milenar arrancando toda a pele das minhas costas. O choro do bebê. O grito seco dos mortos de todas as revoluções. Uma nova tentativa. Outras apostas. Eu nunca mais vou conseguir sair dessa cena. O tapete esfola os meus joelhos. Não, eu ainda posso salvar a Minha Filha. A gema misturada com a clara espalhada nas paredes e o eterno cheiro de mangue. Uma, duas, milhares de árvores enroladas umas nas outras crescendo até impedir qualquer passagem. Ninguém mais respira.

Meu pai vem me visitar no asilo. Ele é jovem e aparenta ter enorme vigor. Os tubos na minha boca e nas narinas não me deixam falar nem sorrir, o plástico machuca a mucosa. Gemidos e palavras desconexas me atravessam. Eu sou Vários? A multidão que me habita, os tempos históricos e todo o ópio que corta os meus desejos de reconciliação. Na Sierra Maestra os homens não pensam em família ou filhos. Um jovem guerrilheiro aproveita cada intervalo para trepar em uma árvore e continuar suas anotações. Você nunca se arriscou, não atravessou o farol vermelho, não teve coragem de transar sem camisinha com a prostituta, não deixou marca alguma no mundo e vai carregar para sempre essa derrota. Fim de partida: setenta a um. Aceite o resultado e reze para que as coisas não piorem ainda mais. Eu estou apenas pensando ou realmente falando isso tudo para o enfermeiro do hospício? Quem são esses Eus todos querendo que a cama nos engula definitivamente? O banho frio, o estrado coberto com uma espécie de colcha e a espera pelo próximo Natal. As visitas são proibidas no seu caso. Você não está sendo internado, está sendo enjaulado. Quantas feras ainda vivem nessa tribo? O estranho homem com focinho de javali grita pesadelos terríveis durante toda a noite. Eu não posso dormir sem meu pai. Na saída da sauna, já à noitinha, a cidade vazia e a gente andando lado a lado, calados, as árvores perdendo volume e se transformando em estranhos contornos negros, eu sabia que era um momento único e o mais assustador não é viver um instante desse tipo, mas ter a plena consciência do seu acontecimento no próprio ato, esfriava um pouco, é como se o universo abrisse um buraco epifânico e piscasse, não sem um pingo de ironia, para você, uma espécie de máquina do mundo que, assim como o mineiro na estrada de terra, você acaba deixando pra lá. Eu não busco sentido e nem você. Eu quero o prazer da picada que me anule.

    Eu não tenho arrependimentos. Quem sou esse Você? Mas não é nada difícil fabricar alguns. É possível estar ausente do próprio sonho? O brilho forte e o calor intenso do refletor fazem com que ele diminua de tamanho. No auditório só há máscaras e estão todos ansiosos para ouvir a minha resposta. A resposta de um milhão de dólares. O apresentador com cabeça de girafa me encara. Calados. Eu não me lembro da pergunta. Um anão me conduz puxando a minha calça na altura da coxa. Chove no estúdio. É um musical. Querem que eu dance. Eu canto uma melodia triste e desafinada. A plateia ainda está em silêncio e os caminhões na estrada jamais pegam um carona.

São viciados em comida estragada. Transportam animais fatiados e congelados. Eu penso em todos os bichos que eu já comi e me lembro finalmente da pergunta: quem é o dono do zoológico? Você não aprendeu nada! A dor é dor apenas. Eu havia ensaiado cada movimento sentado nervoso no camarim. Eu conhecia o papel, as falas, até onde eu podia imaginar o diretor gostava de mim. Mas de repente o filme era outro. A equipe me olhava num misto de ansiedade e impaciência. Como aquele jogador mais fraco do time que com medo de errar acaba sempre jogando ainda pior que de costume. Quando eu falo no microfone e ouço a minha própria voz, a minha garganta fecha. A plateia começa a se levantar lentamente, balançam a cabeça decepcionados, suas roupas estão encharcadas de marrom. A grossa camada de maquiagem aos poucos começa a derreter e forma uma poça aos meus pés. Eu não queria isso, mas eu realmente não sei do que trata a peça. A princesa de minissaia de couro, o homem gordo de espartilho e maquiado, os três anões que estão há quatro dias sem fazer a barba interpretam crianças. A montagem imita um cenário de peça de fim de ano dentro de um filme americano da sessão da tarde. Meus pais estão na plateia, as Minhas Duas Filhas envelheceram, a Lina já não se lembra mais de mim e da minha insistência patética em fazer da dor um espetáculo. Era para ser um show de calouros, um programa de perguntas e respostas, eu deveria bancar o intelectual de saco cheio que acerta as questões mais difíceis e acaba derrapando em alguma tolice como o enigma dos barquinhos dentro das garrafas. Eu não sei. Ele sabia de tudo, e arriscou a própria vida, e agora vai embora sem nada, e vai acabar dormindo em uma boca de lobo. Primeiro você senta no chão e coloca as pernas no bueiro e depois vai lentamente deslizando enquanto o seu corpo começa a ser engolido e sua pele vai ficando para trás junto com um rastro vermelho e marrom que pela manhã o empregado do dono da loja vai lavar com nojo. Você vai se surpreender ao ver tanta gente como você morando no esgoto. Obrigado por fazer tudo conforme o combinado. Não, eu realmente não sei a questão da garrafa. E você se julga um Pai? Sim, não, quer dizer, é preciso encenar o Pai, correto? E disso eu nunca fui capaz. Todos já foram embora. Você perdeu a sua chance.

Vamos, vamos fugir? Não dá mais. Eu não tenho mais tempo. Eu tenho todo o tempo. Para sempre aqui. O último beijo. Sim, é o gosto da infecção. Hoje é o último dia. A sonda e todos os arrependimentos e culpas. As culpas são dos outros. A mão de Deus. A camisa 10.

O cirurgião tinha certeza de que conhecia aquele cara. Não. É o Pai da Minha Filha. O bisturi atravessa o peito como uma colher de plástico corta um doce recusado pelo passageiro velho que dorme na classe econômica. Uma massa disforme se move ali dentro. Não é possível identificar os órgãos. Desorganismo. Ele não tem documentos, nome, estômago, intestino, moral ou projeto, nada. O corpo não é feito de um conjunto de peças que se encaixam. É pura eletricidade. Resina esfriando e esquentando sem parar. O resto de absinto numa velha garrafa empoeirada. Aumente o volume! Você já está cego, mas ainda escuta tudo.

As cordas me machucam cada vez mais. O cheiro de maresia misturado com o óleo que vazou e matou milhares de pássaros se confunde com a imagem jamais vista de uma borboleta morta. Evaporou? Os homens do caminho também duvidavam. Afinal, por que a cortina não pode ser aberta de uma vez por todas? O titereiro é também um boneco?

As ondas cerebrais carregam imagens de uma infância que não é a dele. Como pode? A Filha Velha um dia vai enterrar o seu Quase Pai? Essa pergunta nem o melhor dos psicólogos ou o mais inteligente dos artistas é capaz de responder.

Ninguém sonda de fato as áreas obscuras da vida. Ou você está ou não está.

No teto há um quadrado de luz que vaza pela brecha da cortina vermelha. Olho fixamente para ele. Quero ter mais uma vez os milhares de possibilidades do início da série histórica entre Bobby Fischer e Kaspárov. Não. Você só tem uma casa. Preta. Não, você não é o cavalo. Ninguém vai dizer nada atravessando o seu estômago. Mas e o Seu Corrente? Agora é tarde, você duvidou dele, o sobrado foi vendido e o bairro do Limão arrasado pelo Katrina. Seria muita covardia sua querer guardar o amor no seu criado-mudo-pinico.

Preso para sempre naquela madrugada quente. Eu devia ter mergulhado de cabeça no mesmo instante e ter sido carregado junto com ela pelos corredores da morte. O sangue tingindo o rejunte dos azulejos da piscina cinza. Eu seria lembrado como um herói. Aquele que se sacrificou para salvar a própria pele.

Como você ainda consegue ter uma ereção? Naquela massa-gosma amarelo-marrom está a potência toda da vida e o fim absoluto de todos nós. É ali que o jogo se define. O Leiris tinha nojo de bebês. Repulsa pelo novo? Ou medo de perceber a facilidade com que se pode dar fim a uma vida? Eu seria capaz de arrebentar o meu próprio peito com as mãos para ter certeza da quantidade de dor que eu ainda posso suportar. Um homem nunca vai conseguir alcançar a verdade de um parto. A dor de uma mulher que aposta tudo e perde saiu por ali e retorna todas as noites chutando a barriga e a memória pelo lado de fora. Nenhuma metáfora vai lavar a placenta. Nenhum curandeiro, padre ou apresentador de TV pode restituir o que foi perdido em Las Vegas. O uísque usado para lavar o tapete me deixa permanentemente enjoado. Quando a gosma escorre pela minha boca, eu sinto a verdade do corpo, o gosto agridoce, sim, nem tudo é dor, não exagere. Estar vivo. Comer as próprias unhas até sangrar. O grande mistério não está na alma ou nas tantas apostas do Pascal, mas sim no corpo, vivo ou morto, vivo e morto, é essa máquina que carrega tudo e que nos gruda no chão de pedras de Águas de São Pedro e que marca os limites dos nossos desejos e no final é aqui dentro desse saco impermeável entupido de elementos químicos que a luta pelo cinturão e todas as preparatórias irão acontecer. Round 1. Lutem até a morte. O treino já está mordendo o tempo e o calcanhar dos quereres. Entender o corpo da Minha Filha que é desligado sem nenhuma explicação. Ninguém me avisou nada. As máscaras não caíram. A químio nem chegou a ser prescrita. Nenhuma dor. E a febre, as convulsões, os meses de exames e investigações e internações? Sem palavra e sem sentido. O tapete ficou manchado para sempre. O prato de sopa marcou a mesa de madeira. O colchão com os mapas dos xixis. Um delicado peixe de água doce lançado na fúria do mar. Eu queria ter cuidado dela mais um pouco, levado a mais duas consultas, dormido na cama dela por mais doze dias, dito mais quarenta e sete vezes que ia dar tudo certo. Não. O meu lugar é aqui. Nesta sala. Para sempre tentando acertar a sequência exata das miçangas do colar não terminado. Arrebentação. O medo do armário de sapatos, a meia suja, os biscoitos rachados, as lições de casa interrompidas. Não se deve tocar em nada. Mantenha tudo no mesmo lugar, da maneira como foi deixado. Museu de cera. Não se mova. Pedro também teve medo. Negou, voltou atrás e acabou crucificado de ponta-cabeça. Não diga nada. Jamais se comprometa.

Sim, ela vibra e está sempre encharcada de tesão. E o que você vai fazer com esse corpo viril? Já não é mais. As máquinas da UTI são incapazes de produzir uma ereção. O hospital tem geradores potentes para manter os mortos-vivos vivos até chegar a ordem para desligá-los. Um por um. Cada corpo, um botão e uma família jogada no subsolo da burocracia. Vidas sem cor. De madrugada, quando as visitas dos familiares são proibidas e as enfermeiras cochilam apoiadas no balcão de atendimento, apenas os pacientes em coma são capazes de voar por aqueles quartos ouvindo nuvens distorcidas e confirmando que sim, a eternidade é um gozo. Você nunca viu algo parecido, você não morreu, os acordes mais intensos do Hendrix não chegam a arranhar a verdade da beleza vista por aqueles que já não pertencem ao mês de janeiro e nunca mais vão dançar um baile de Carnaval. O gozo sem penetração, sem culpa, sem dia seguinte. Ainda não. Você insiste em perguntar sobre o mistério? O Maradona quis que o jogo histórico de 86 durasse para sempre. Até hoje o apito do juiz queima em seus ouvidos. Naquele dia ele foi tocado por Deus que conduziu suas pernas e seu corpo atarracado para fazer a mais bela cena jamais realizada em um campo de futebol ou em uma galeria de arte. Ele nunca mais encontrou a paz, tentou recuperar o êxtase de qualquer forma, de todas as maneiras. Não, Dieguito, Deus não nos toca mais do que uma vez na vida. Toda a cocaína da Colômbia jamais vai te levar de volta ao gramado naquele ponto exato no tempo. Você vai botar tudo a perder. Eu te entendo. Foram poucos segundos, eu sei. Agora é pôr o filme para repetir sem parar a cena do segundo gol contra os ingleses e se contentar com uma maldita representação. Mas você pelo menos sentiu a mão Dele, você sabe do que se trata. Eu jamais fui atravessado pela eletricidade que correu o seu corpo depois do gol histórico. Nenhuma máquina de hospital gera aquele tipo de corrente, elas foram feitas para manter corpos quase vivos. Na ex-União Soviética, costuma-se afirmar que, enquanto voava no espaço, Yuri Gagarin havia dito EU NÃO VEJO NENHUM DEUS AQUI DE CIMA. Nem Péricles, ou Alexandre, o Grande, ou Stálin, ou Steve Jobs, ou Kennedy alguma vez na vida sentiram a mesma onipotência do cosmonauta russo durante aqueles 108 minutos, 25 anos antes da goleada argentina. Nenhum homem antes dele havia visto a Terra do espaço, se sentido uma espécie de deus, gozando sem gravidade. O mais difícil foi voltar para a rotina, a reentrada, a perda da intensidade. Acordar todos os dias e pensar no que fazer durante a manhã, se era preciso vestir o casaco mais grosso para sair à rua ou se ainda havia pão no armário da cozinha. Até hoje as circunstâncias da sua morte em um voo em 27 de março de 1968 são obscuras. Ninguém pode afirmar o que ele sentiu de fato enquanto gravitou aos 27 anos de idade. A frase atribuída a ele não consta nas gravações e pesquisadores norte-americanos já ouviram as fitas diversas vezes e em todos os sentidos. O toureiro, o camisa 10 e o cosmonauta russo jamais sentiram o gosto da UTI.

++

Eu fui embora e andei por meses, por anos. Ouvi todos os ruídos em uma floresta fria, os pés encharcados, a lua surgindo e desaparecendo sem parar por trás das enormes sequoias. As folhas molhadas no chão virando outra coisa que ainda não tem nome e já tem forma. A sola dos meus pés desaparecendo. O urro ancestral do animal selvagem. Lobo-Urso. Você quer o futuro, mas só encontra o passado. Eu parei de olhos fechados sobre o rochedo enquanto as ondas do mar me lavavam, o gosto do sal, o sal, uma camada dura sobre a minha pele. Mucosas. O bem-te-vi canta, idiota e indiferente, ao berro de sofrimento da mãe. Fui ao interior profundo sem pensar em mais nada, com a certeza de que era lá, que eu estava me aproximando finalmente, o meu corpo vibrando, mas o local exato sempre escapava. DIU. Corpos queimados na margem do Ganges. Um jogo de esconde-esconde. Lambi o chão com os olhos vendados. Cão-Lesma. Você acreditou que encontraria? Brilho e dor. Quando eu voltei para casa, as pessoas na sala de jantar me olharam como se eu estivesse voltando do lavabo. Sete segundos antes de adormecer, eu duvido e o terremoto engole toda a Califórnia. A galinha e seu olhar idiota. Você olha a lua, o fogo, você para por meia hora em uma esquina qualquer e fecha os olhos para deixar o calor gostoso da manhã te aquecer, e a resposta não vem. Mulher-Coruja. Você está viciado em criar sentido, em ligar os pontos, em ver sinais, mas nem todos os planetas nem a maneira como agora você encara as pessoas com esse olhar bondoso pré-fabricado revelam o segredo. Homem-Javali. É como ficar observando por horas uma equação de matemática avançada achando que ela pode ser resolvida por um ato de vontade. Nem o espelho da Alice nem a toca do Coelho-Gente. Nada importa.

Sim, é preciso encontrar sentido. Criação. Localizar quem passou pelo mesmo tipo de sofrimento e estudar suas vidas detalhadamente. Dia por dia, hora a hora. Cada ação, pensamento, emoção e desejo. Procurar nos sonhos o inconsciente, no riso os segredos. Ratos de laboratório. Todos nós. Se tiveram insônia e durante quantos dias. A depressão os mordeu? Ao andar na rua foi possível notar alguma diferença em suas expressões corporais? A maneira de cruzar as pernas, de segurar os talheres, o tom da pele, mudanças no apetite, sexual. Os homens sofrem diferente das mulheres? Cada idade de filho morto interfere no processo? Casais se separaram? O álcool foi uma saída razoável para alguém? Quantas vezes por dia o suicídio foi cogitado? Homicídio? Trabalharam normalmente, comeram normalmente, tomaram banho todos os dias, meteram, fizeram três refeições, beijaram o sobrinho na festinha de Natal, agradeceram a caixa do supermercado, sonegaram impostos, mentiram, desejaram a morte do porteiro, assaltaram bancos, olharam para trás para reparar na curva das bundas, no volume dos paus, ouviram a bateria da Beija-Flor, alimentaram o cachorro, escutaram o álbum do Cartola, acenderam velas, leram Cervantes e Borges, quantas horas passaram chorando e pedindo ajuda? Pra quem? Funcionou? Tomaram remédios, florais de Bach, meditaram, caminharam, rastejaram, enlouqueceram durante quantos dias, qual o pior dia da semana, ainda acompanham a política, o cinema, os museus, de cera? Os dados devem ser tabulados. Será preciso uma máquina que processe as informações e nos entregue finalmente a imagem do Homem Médio Que Se Fodeu. Aí é fácil, você compara com o seu interior, seja honesto!, e descobre se entre os tatuados dos campos de concentração você está abaixo ou acima da média. De dor ou da capacidade de sobreviver? A dor não pode ser medida, entenda. O executivo que pula do décimo nono andar na quadra de tênis do condomínio de luxo porque não aguenta mais ver seus investimentos morrendo lentamente a cada dia, bem, pode ser que a dor dele seja maior que a sua. Há também aqueles que sofrem sem motivo. Ou melhor, se deixam levar pelo trabalho na repartição, a novela das nove, os finais de semana no sofá e um dia partem e nem sequer o marido da filha comparece ao velório. É uma dor que consome de forma fria e lenta. Mas pelo menos eu sei que eu vivi. Não seja ingênuo, viveu o quê? No vácuo os clichês não servem para nada. Procure o grupo de controle e pergunte a eles sobre o Teste da Dor. Eles vão te responder que tudo mudou depois da experiência e que pelo menos eles viveram. A hiena no zoológico de Cabul também vive. Sim, pode começar a arrancar o couro cabeludo, mastigar os dentes, enfiar a mão no liquidificador, pelo menos você viveu, não é mesmo? Não há trilha sonora, *grand finale*, nada, isso acontece nos bons livros realistas, nos melhores filmes de Hollywood, mas os escritores e diretores e artistas, eles também um dia vão quebrar a cara e depois que o médico-burocrata pisar sem querer no tubo que atravessa o chão do quarto e mantém o seu coração funcionando, não vai dar tempo de pensar se você pelo menos viveu. O último pensamento nunca chega, e você tem que se contentar talvez com o antepenúltimo e o doutor não sabe que o que ocasionou a sua parada cardíaca foi o calcanhar duro do sapato novo que ele ganhou na festa de amigo secreto da turma do pôquer. Façam suas apostas: o Pai Que Se Fodeu pelo menos viveu?

++

Eu queria sentir raiva, mas de quem? Quando o pelotão de fuzilamento se recusou a disparar contra mim, eu engoli o cano da metralhadora do coronel. Psiquiatras ajudaram a aperfeiçoar as primeiras guilhotinas. O divã é para os tolos. Cubra a cabeça, olhe para baixo e sinta a lâmina. Pronto. Milhares de caminhões refrigerados atravessando estradas para entregar em restaurantes da moda corpos que também pelo menos viveram. As enfermeiras me olharam incrédulas. Na escola técnica ninguém as havia preparado para esse tipo de situação. Como limpar aquele corpo virado do avesso? A gaze, o algodão, as pinças e os antissépticos de toda a clínica não dão conta do estranho Homem-Fera. Não são exatamente feridas ou machucados, são órgãos invertidos, sangue e gosma escorrendo por todo o corpo. O estômago digerindo os restos da última refeição, que se soltam e cobrem a maca. Do esôfago capotam nacos de bifes misturados com dentes diretamente para as mãos trêmulas das moças de branco. Elas já não conseguem diferenciar o que é carne de um animal abatido há dias e o que são tecidos do Homem-Rinoceronte. Quantos bichos você já mastigou na sua vida? A dor no olhar do cavalo quando o raio de sol surpreende os seus olhos, a onda morna que sai do focinho, vapor sem sentido de uma vida entregue à falta de razão. Nenhum animal abandona suas crias. O Karl Ove viu um cérebro mas já não está entendendo nada. Ele não aguentaria tocar as tripas, é apenas um escritor. Vai vomitar. É uma rua sem saída. Não, é a indiferenciação, o acúmulo de matéria que desrespeita qualquer hierarquia e coloca a sua dor no justo patamar de todas as outras. Você quer ser especial, mas não fez nada para merecer isso. Você não é o Gandhi, o Martin Luther King ou o Guevara, você é O Pai da Menina Morta. Nunca mais levante dessa maca de areia e conchas que aos poucos vão grudando em cada centímetro do seu Eu nu e mostram de uma vez por todas que o esforço é inútil. Cortar o rosto enquanto se barbeia também dói. A tecla do computador não produz som, apenas tira o brilho de uma área minúscula da tela. A pedra no rim, o buraco da agulha da heroína. Mas e o meu caso? Encerrado. Faltam provas, testemunhas, álibi, falta alguém que não se esconda atrás de palavras e truques de estilo. Desista, você não é o toureiro. As pessoas deixaram de ir às touradas não por pena do touro, mas por não suportarem ver os bastidores da vida, a cortina levantada, a lâmina entrando e o sangue quente tingindo a areia. É melhor um telefonema da UTI do hospital dizendo com uma voz calma não encenada que acabou. Dá tempo de escolher a roupa, preta, treinar um pouco o olhar e a fala entrecortada, para aí sim pular na estação de tratamento de esgoto. Eu só queria tocar a morte antes de dormir. Não os mortos ou corpos sendo desligados, a própria essência. Dar forma ao invisível, reconhecê-la e desafiá-la a um duelo com uma arma previamente descarregada. Não importa, não é uma questão de ganhar ou perder, não é a Copa de 86, é aquele corpo sendo esmagado no meio da procissão para provar que alguém precisa olhar por nós. Um Pai não dá conta disso. A fragilidade do ponteiro dos segundos e a sua intolerável autoridade. Isso mesmo, procure um falso profeta. É melhor que a dúvida. Pague o dízimo e espere calado a sua vez de embarcar.

Estão me operando sem anestesia. Foi uma exigência dos torturadores. O médico tem a cara de um porco. É um animal selvagem andando sobre duas pernas. Ele guincha com fúria. Só eu e ele na sala de cirurgia. No ringue. Não é uma operação, é uma luta. Deus está em todas as coisas. No assassino, na chave de fenda, na vacina não dada, nos antibióticos que nunca mais vão funcionar, no buraco do dente que caiu. Esses são definitivos. São para sempre. Se eu pudesse voltar no tempo, eu levaria Minha Filha para assistir a um pôr do sol no mar como quem reconhece o milagre dos ateus.

Como escrever poesia depois da Terceira Guerra? Como escrever deste lugar escuro? A luz me cega. Quero voltar para o colo das mulheres de mil anos atrás com xales negros, pele enrugada, hálito forte, rezas místicas e certezas. Apenas a verdade do que vai acontecer com todos os milenaristas do mundo repetida em uma lamúria sem fim e tranquilizadora. Suas mãos calejadas e ásperas nunca me tocam, apenas se esfregam umas nas outras produzindo calor por meio de movimentos confusos que, se bem observados, nos fazem sentir a rotação da Terra debaixo do nosso Corpo. Corpo-Terra. Nenhum jihadista pode explodir consciências.

O fim do mundo é doce. Encerram-se os lutos. Todos eles de uma vez.

Ninguém morre.

Nunca mais.

++

Sobrou um fio de cabelo na fronha? Um pedaço de unha atrás da privada no chão gelado do banheiro? O hálito forte da manhã entre o teto do quarto e a cama de cima do beliche? Não há nada a fazer com os seis dentes de leite guardados na caixinha laranja que faz um barulho triste de chocalho órfão quando balançada. E o DNA? O barro? Não adianta, não é possível restabelecer a matéria, não se dá forma ao pó. Mas ela é um corpo, único, aquela dobrinha a mais no dedinho da mão direita que um dia assustou, a manchinha na batata da perna, o formato fugidio do sorriso, os dentes nascendo e tentando encontrar espaço na arcada, a cor exata e única do cabelo e as suas variações conforme anoitecia na sacada do apartamento e a luz do sol sendo substituída por aquela outra ardida e artificial do iPad. Sim, agora o corpo virou imagem. Corpo-Ideia. É preciso todo o ópio, os búzios, as mil vidas de Gautama debaixo da Árvore, todos os evangelhos inclusive os apócrifos, os gozos e os êxtases e os sonhos e os delírios do estranhamento das rampas do metrô onde não se sabe mais o que é rosto e o que é máscara e a cidade de Los Angeles inteira para encontrar o Corpo. Corpo-Criação. Mas ainda não é isso, chega de artifício, representação e replays. Então o que esse Eu quer afinal? Ele quer a central de energia, não o sonho, o sonhador. Não o filme, a mão que aciona o projetor.

Você é o único que olha para trás durante a sessão. A luz te cega mas você não fecha os olhos, a luz aos poucos vai queimando as suas retinas e um sonho-monstro em alta velocidade atravessa o Cérebro-Céu e os seus olhos estão abertos e você é encharcado por um gozo que interrompe o batimento cardíaco e atravessa todos os seus mil corpos queimando gelado como a benzina adolescente no sofá preto de bolinhas brancas produzindo uma sensação instantânea e irresistível de paz mas que é mais que isso e você já não sabe onde está ou quem é ou o que quer e *finalmente*. Menina-Deus. Piscando, envolvendo tudo, ganhando e perdendo forma sem parar. Na palma da sua mão e engolindo o mundo, todos os planetas. A perda dos sentidos e de qualquer mínima noção de espaço-tempo e a visão que já é outra coisa e engole tudo que está ao redor e dentro e fora dos outros e de você mesmo. Pai-Mãe. Você não hesita. Se deixa dissolver. A entrega total, sem contrato, sem acordo, sem limite algum, já não é mais o salto do abismo, não há abismo, não existe mais alto e baixo, ou úmido e medo. Nada. Corpo-Tudo.

Um mar calmo. Tudo mar. Mar-Céu. Um útero.

Todo-Amor.

© Tiago Ferro, 2018

Todos os direitos desta edição reservados à Todavia.

Os trechos das canções de Bob Dylan foram extraídos da tradução de Caetano W. Galindo para o volume *Letras (1961-1974)*. São Paulo: Companhia das Letras, 2017.

Grafia atualizada segundo o Acordo Ortográfico da Língua Portuguesa de 1990, que entrou em vigor no Brasil em 2009.

capa
Julia Masagão
Matheus Sakita
preparação
Leny Cordeiro
revisão
Renata Lopes Del Nero
Livia Azevedo Lima

crédito das imagens
[p. 42] Sputnik/Science Photo Library
[p. 88] Getty Images
[p. 146] arquivo do autor

3ª reimpressão, 2022

Dados Internacionais de Catalogação na Publicação (CIP)

Ferro, Tiago (1976-)
 O pai da menina morta / Tiago Ferro. — 1. ed. — São Paulo : Todavia, 2018.

ISBN 978-85-93828-50-8

1. Literatura brasileira. 2. Romance. 3. Ficção brasileira. I. Título.

CDD B869.93

Índice para catálogo sistemático:
1. Literatura brasileira: Romance B869.93

Bruna Heller — Bibliotecária — CRB 10/2348

todavia
Rua Luís Anhaia, 44
05433.020 São Paulo SP
T. 55 11. 3094 0500
www.todavialivros.com.br

fonte
Register*
papel
Pólen soft 80 g/m²
impressão
Geográfica